Martina Loebe • Wer A sagt, muss auch B sagen

AF192317

Martina Loebe

Wer A sagt, muss auch B sagen

Und was sonst noch passierte ...

Kontakt:

martinaloebe@gmx.de

Bibliografische Information Der Deutschen Bibliothek:
Die Deutsche Bibliothek verzeichnet diese Publikation in der
Deutschen Nationalbibliografie; detaillierte bibliografische Daten
sind im Internet über <http://dmb.ddb.de> abrufbar.

Herstellung und Verlag: Books on Demand GmbH, Norderstedt
Berlin 2006

ISBN **3-8334-6165-9**
    978-3-8334-6165-1

Inhaltsverzeichnis

Und was sonst noch passierte …

Liebe Leserinnen und liebe Leser,

super, dass Sie wieder an meinen Schulgeschichten interessiert sind und keinen Schaden beim Lesen meines Erstlingswerkes genommen haben.

Sie haben es erraten. Ich möchte Sie wieder mit einigen Erlebnissen erfreuen und dazu haben mich drei Gründe getrieben.

Zunächst: Es sind wieder Ferien. Herbstfreien (Schreibbeginn 12.10.03). In den Herbstferien merke ich immer wie es in meinen Fingern juckt, und ich das dringende Verlangen bekomme, aus dem Schulalltag zu berichten. Außerdem hat Dieter Bohlen wieder (leider wesentlich erfolgreicher als ich) ein Buch herausgegeben und wie schon in meinem ersten „Werk" angedroht, ist auch Naddels Buch „Ungelogen" inzwischen erschienen. Was interessiert uns das?! Jegliche Vergleiche mit den Beiden passen und interessieren nicht.

Zweitens ist wieder sooooooo viel passiert. Gewolltes und Ungewolltes, Positives und Negatives, mal spannend, mal erschreckend, mal lustig, meistens unvermeidbar.

Drittens: Ich bin nicht allein! In meiner direkten Umgebung gibt es viele, viele Lehrerinnen und Lehrer. Es lässt sich einfach nicht verhindern, über Schule zu sprechen. Warum auch?

So gab es den Wunsch, auch die Erlebnisse anderer Schulgeschädigter aufzuschreiben.

(Apropos schulgeschädigt! Spontan kommt mir die Idee, mal nach der Meinung und den Erlebnissen ehemaliger Schüler zu fragen. Wer behauptet, dass nur Lehrer in der Schule leiden?) So halten sich meine Berichte in Grenzen. Hauptsächlich habe für Sie die Bonbons der Schulpraxis meiner Freunde, Bekannten und Kollegen gesammelt und aufgeschrieben. Sie arbeiteten oder arbeiten in Grund- oder Realschulen, Berufsschulen, waren Erzieher oder nur Beobachter. Nicht, dass mir persönlich der Stoff ausgegangen ist ...

Wieder sind alle Berichte wahr. Sie haben sich genau so ereignet, wie ich es aufgeschrieben habe, kleine künstlerische Pointierungen seien erlaubt. In langen und interessanten Gesprächen wurde mir so viel Erzählenswertes, gelegentlich auch Unglaubliches berichtet. Einiges war auch so brisant, dass man wahrscheinlich erst nach Jahren darüber berichten kann. Denn Ähnlichkeiten mit lebenden Personen sind zu offensichtlich. So verschwanden manche Erlebnisberichte im Giftschrank und dort sollen sie auch bleiben, bis „Gras" über die Sache gewachsen ist.

Im Geschichten - ABC finden Sie Geschichten aus den 50er und 60er Jahren, die meisten Erlebnisse sind aber noch gar nicht so lange her. Schule ist immer aktuell und wirklich täglicher Gesprächsstoff. Und das nicht nur bei den Lehrern. Im Anhang lasse ich Sie in mein kleines pädagogisches Tagebuch gucken. Zwei Schuljahre lang habe ich mal häufiger, mal in größeren Abständen in Kurzform aufgeschrieben, was mich gerade bewegte, oder was mir widerfuhr. Gelegentlich ging mir dann leider auch der Humor verloren, aber keine Angst ich habe ihn wieder gefunden. Wenn ich mein Tagebuch im Nachhinein lese, stelle ich fest, dass ich ganz viele Dinge (manchmal „Gott sei Dank!") schon wieder vergessen hatte. Gesundheitsfördernde Selektion! Sollten Sie beim Lesen sich mal über diese oder jene Bemerkung oder Geschichte wundern,

dann sei erklärt, dass man nicht alle Dinge beim Namen nennen kann. Insiderwissen!
Sorry, ihr Nichtlehrer.

Letzte Bemerkung: Um allen Kritikern den Wind gleich aus den Segeln zu nehmen. An mir ist in den vergangenen Monaten nicht vorüber gegangen, dass die Probleme an den Schulen zugenommen haben und das auch eine neue Qualität bei der Berichterstattung in den Medien erreicht wurde.
Die Lage ist ernst, aber nicht hoffnungslos!

Allerletzte Bemerkung: Nicht alle Fehler, die Sie entdecken, sind Fehler. Die alte neue Rechtschreibung und die kleinen Reförmchen dazwischen lassen alle Möglichkeiten zu. Zusammengeschrieben oder inzwischen schon wieder getrennt? Klein oder schon wieder groß geschrieben? Mit Komma oder jetzt ganz ohne? Genau weiß das keiner. Gehen Sie bitte davon aus, ich habe nach bestem Wissen geschrieben. Leider konnte ich mir keinen Lektor leisten, weil mein erstes Buch sich eben nicht so gut wie das von Dieter Bohlen verkaufte. Um das gleich klarzustellen: Die Verkaufzahlen waren fast ähnlich ...

Und jetzt geht es los!

*A*ua, das tat weh

Alle Jahre wieder kommt nicht nur der Weihnachtsmann, sondern auch die liebe Krankenschwester, die den Kleinen etwas über die Zähne erzählt.

Diese Stunden sind bei allen sehr beliebt: der Lehrer kann sich mal für ein paar Minuten an den Lehrertisch setzen und muss nur in Fünfminutenintervallen böse in die Runde gucken und für Ruhe sorgen. Auch die Kinder freuen sich, denn es wird eine lustige Stunde und die Schwester freut sich auch, denn wenn sie an die Schulen gehen darf, erhält das ihren Arbeitsplatz. So freuen sich alle!

In der vierten Klasse waren die Kinder schon nicht mehr übermäßig begeistert, denn der Besuch der netten Frau Krause wiederholt sich wie bei Tante Hilde in regelmäßigen Abständen alle halben Jahre. Und so viel Neues gibt es da einfach nicht zu berichten. Erfreulich ist aber, dass Frau Krause nie allein kommt. Sie bringt immer eine große Handpuppe in Form eines Krokodils mit. Das Krokodil heißt sinnvollerweise KROKO, guckt bescheuert und kann aus seinem Stoffmaul Wasser spucken. Letzteres erklärt zumindest, warum der nachfolgende Lehrer Probleme hat, wieder normal zu unterrichten. Das Ganze nennt sich für den Schulplan Zahnprophylaxe. Man fragt sich wozu? Die Kinder der unteren Klassen haben ihre Schmuckstücke aus dem Mund in Schachteln und der Kiefer erstrahlt beim Lachen leer wie Omas Mund. Kaum Zähne zu sehen! In Klasse 3 und 4 lohnt es sich wieder über Zähne zu reden, aber bei den vielen Süßigkeiten …? Gerade sprach man noch mit Frau Krause über die bösen Zahnmännlein und in der Pause werden dann die dicken Schokoriegel gemampft. Ich frage mich regelmäßig, ob diesen Schwachsinn vom Zahnmännlein noch ein Schüler glaubt. Vor Männlein hat doch keiner Angst. Da muss schon ein Monster kommen oder wenigstens der echte Zahnarzt. Der ist aber ein Guter, haben wir erfahren und macht daher die Zähne wieder ganz. Wer durchhält, bekommt am Ende der Stunde eine Zahnbürste geschenkt. Ein großes

Problem ist dabei die richtige Wunschfarbe zu erhalten. Die gewünschte Zahnbürste in entsprechender Farbe landet dann bei der Sammlung aus den Vorjahren im Schubfach unter den Heftern. Vorher wird sie aber von allen benutzt. Dieses Spiel treibt Frau Krause bis in Klasse 6. Alle gehen nach Jungen und Mädchen getrennt in die Toiletten und dann wird das richtige Zähneputzen geübt. Da unsere Toiletten über zwei Waschbecken verfügen, kann man sich sehr gut vorstellen, wie das abläuft.

Zurück zur 4. Klasse.

Gerade haben wir die Neuigkeit erfahren, dass die Zahnmännlein gar keine sind, sondern das es sich um eine Zahnerkrankung handelt: Karies! So werden Illusionen zerstört.

Das muss sich auch Rico aus der ersten Reihe gedacht haben. Er erfuhr nämlich diese Neuigkeit nicht von Frau Krause, sondern von Kroko.

Wie unsere Jugend so ist, artikulierte Rico nicht nur seinen Unmut über diese Aufklärung, sondern knallte dem Verkünder eine aufs Maul. Das Problem war nur, dass in Krokos Maul mit den großen weißen Zähnen sich gerade die Hand von Frau Krause befand …

Wir haben an der blutenden Hand Erste Hilfe geleistet und Frau Krause ist nach Norwegen ausgewandert. Das haben die Zahnmännlein nun davon!

Aprilscherze

Alle Jahre kommt er mit Boshaftigkeit – der 1. April. Sollte man im Vorfeld nicht an ihn gedacht haben, so wird man garantiert von den süßen Kleinen schon am Morgen mit folgenden Worten begrüßt: „Frau Meier, Ihre Schnürsenkel sind auf." Der Blick nach unter verrät es: Sie hat gar keine Schuhe mit Schnürsenkeln an. Aber es ist der 1. April. So muss man den Tag mit ständigen Hinweisen über Löcher in den Strümpfen, vergessenen Hausaufgaben (ist meist gar kein Scherz) und Flecken in der Bluse verbringen. Woher der Brauch stammt, weiß man nicht genau. Der Geschichte nach dürfen an diesem Tag die Menschen in ihrem Umfeld ungestraft alle verulken. Manche scheinen zu glauben, dass man das, das ganze Jahr über darf. Nein, eigentlich nur an diesem Tag. In Lexika findet man Verbindungen zu den Römern (stimmt im Prinzip immer) und ihren Narrenfesten. Der Kriegsgott Mars soll auch mitgemischt haben… Vielleicht liegt es auch einfach am launischen Aprilwetter, dass uns jedes Jahr zum Narren hält.

In der Schule soll gelacht werden, auch wenn bei den Aprilscherzen die Freude doch sehr einseitig ist. Auf Seiten der Lehrer. Bedenklich ist auch, dass egal welche Nachricht man verbreitet, alles von den Kindern ernst genommen wird. Auch dann, wenn es ein Witz sein soll. Unsere Schüler haben eben in den letzten Jahren zu viel mitgemacht. Egal ob im April oder nicht: Neue Fächer wurden eingeführt und wieder abgeschafft, Ferien wurden hin- und hergelegt, mal gab es Winterferien, dann wieder nicht. Und angesichts der Diskussion um die Abschaffung weiterer Feiertage ist doch auch der Gedanke, Ferien zu kürzen, gar nicht so abwegig. Könnte auch ein Scherz sein … Eigentlich ist bei uns im Bildungswesen immer 1.April!

In der Grundschule ist das ganz einfach, Kinder in den April zu schicken.

Man überlegt, womit man die Schüler am meisten schocken kann und schon ist die Idee geboren. Mehr Unterricht, weniger Ferien z.B. bietet sich immer gut an.

Mit ernstem Gesicht verkündet man, dass es eine schlechte Nachricht für alle gibt und die Eltern darüber informiert werden müssen. Die Hausaufgabenhefte werden für eine Mitteilung vorgenommen und die Schüler ahnen schon nichts Gutes.

„Tja, wie ihr wisst, sind Schüler an deutschen Schulen nicht gerade die Klügsten. Deshalb hat die Regierung beschlossen, die Ferien zu kürzen. Und zwar die Osterferien. Schon nach den Feiertagen beginnt wieder der Unterricht. Eine Woche früher als sonst."

Betroffenes Schweigen, betretene Mienen und plötzlich kullern Tränchen im Gesicht einer Drittklässlerin. Nur ein kleiner Frecher murmelt sich in den Bart: „Und das alles nur, weil die Lehrer unfähig sind." Hörte ich da seine Mutter (schulbekannt) sprechen? Mir verging die Freude am Scherz und ich löste den Gag für alle auf, indem ich den Text für das Heft anschrieb: APRIL, APRIL! Nun klickerte es langsam bei den Betroffenen und eine Welle der Erleichterung und Freude ging durch die Reihen. Die Ferien waren gerettet.

An Schulen mit älteren Schülern klappt das Ganze auf höherem Niveau natürlich auch. An einer Gesamtschule gibt es alljährliche, pünktliche Absprachen zwischen den Physiklehrern. Ein Lehrer schickt einen Schüler der Oberschule zum anderen Physiklehrer mit dem Auftrag: „Hol doch mal die Gewichte für die Wasserwaage!" Der eigentlich physikgeschulte Schüler müsste nun nachdenklich werden. Unser Schüler rennt aber los, um den Auftrag zu erfüllen. Seinen Verstand hat er leider an diesem Tag nicht mit dabei. Beim Lehrer angekommen erfährt er, dass die Gewichte nicht da sind. Aber er soll wiederum dem ersten Lehrer ausrichten, dass der Siemens – Lufthaken 12 Volt dringend in seinem Unterricht benötigt wird. Auch das richtet er ohne nachzudenken brav aus. Gehetzt zwischen den Etagen und den beiden Physiklehrern merkt er seine Unwissenheit nicht.

So jagt er noch eine Weile Fantomen nach, bis die Lehrer keine Lust mehr haben. Unfair sind sie aber nicht. In einer Nachhilfestunde erfährt er, dass Wasserwaagen keine Gewichte haben usw.

War eben ein intellektueller Aprilscherz! Im nächsten Schuljahr kann auch er darüber lachen – wenn er es bis dahin nicht vergessen hat.

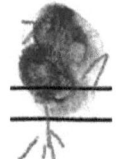

*B*abyboom

Schon mal was vom Baby Think It Over Programm gehört? Mit diesem Programm kann man eine Elternsimulation durchführen. Jugendliche machen sehr realistische Erfahrungen, die ihnen sonst erst als jungen Papas oder jungen Muttis widerfahren.

Ziel ist es, mit Jugendlichen ins Gespräch zu kommen. Bundesweit lassen immer mehr junge Mütter ihre Kinder abtreiben. Viele sehr junge Menschen bekommen Kinder, leider oft ungewollt. Die Aufklärungsrate ist schlecht. Viele junge Mädchen glauben, beim „ersten Mal" nicht schwanger werden zu können. Ergebnis: Schwangere Zwölf- und Dreizehnjährige werden immer häufiger in den Beratungsstellen angetroffen.

Um ungewollte Zustände und Situationen zu vermeiden, hat man sich diese Simulation mit den Puppen ausgedacht. Für die Aufklärung ist nicht nur die Schule zuständig. Aber im Falle des Projektes organisiert alles die Schule.

Nach einer Elternversammlung und nachdem jeder Schüler einen Vertrag über die Pflege eines Kindes unterschrieben hat, werden die Teilnehmer des Kurses auf ihre plötzliche Elternschaft praktisch vorbereitet. Eine unserer 10. Klassen hat in diesem Schuljahr mit Begeisterung den „Kampf" mit den Babys aufgenommen.

Ein jedes Pflegekind ist ca. 53 cm groß und wiegt 3200 g. Es ist mit verschiedenen Tagesabläufen programmiert und muss gefüttert, gewickelt und gewiegt (im Arm gehalten) werden. Es kann zufrieden jauchzen oder einfach nur nörglig sein. Man kann Glück oder Pech haben.

Die Aufgaben der Testeltern sind nicht einfach, werden aber von den Jugendlichen mit Freude und Elan und vor allem mit Ernsthaftigkeit übernommen. Ob Junge oder Mädchen, jeder will nur das Beste für sein Kind. 48 Stunden lang bestimmt das Baby den Alltag. Man ist immer zusammen. In unserem Fall auch in der Schule, in der man auch eine Nacht verbringt.

Es ist also ganz normal, wenn man im Schulhaus die Schüler mit ihren Babys sieht. Ich fragte einen jungen Papa, ob ich denn mal so ein Kindlein auf den Arm nehmen darf. „Aber den Kopf schön stützen, sonst tut es dem Baby weh und es schreit." Recht hat er. Ich staune, wie realistisch sich das Kind anfühlt und auch wie schwer es tatsächlich ist. Da hat man ganz schön mit der Pflege und Betreuung zu tun.
Am Ende des Praktikums schreiben die Schüler ein Tagebuch.
Daraus einige Auszüge:

„Bevor wir die Kinder bekommen haben, gab es eine Einführung." (Wie im richtigen Leben!)

„Am Vormittag haben wir unsere Kinder bekommen. Ich nannte den Jungen Adolf."
(Wahrscheinlich nach Adolf Hennecke.)

„Die Nacht in der Schule war unruhig. Um halb zwei war ich wieder wach, aber nicht wegen des Babys, sondern wegen einiger Mädchen."

„Ca. eine halbe Stunde später hatte das Baby die Windeln voll. Das habe ich dann Nils überlassen."

„Ich war eine der Glücklichen, die das Baby mit nach Hause nehmen durfte... Die Nacht war
katastrophal... Flasche geben... Windeln wechseln ...
Flasche geben.
Als ich morgens dann aufstehen musste, war das Kind voll ruhig und ausgerechnet,
als wir in die Schule gehen wollten, fängt das Kind an zu weinen und wollte die Windeln gewechselt bekommen."

„Am Mittwochmorgen waren wir dann am Ende unserer Kräfte."

Liest man diesen Stress, so hofft man, dass die zukünftigen Eltern keinen Schock fürs Leben bekommen haben. Schließlich warten wir auf die nächste Generation!

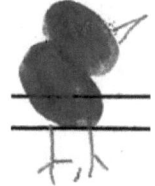

*B*randenburger Horrortrip

Aus Gewohnheit und alter Tradition fahre ich jedes Jahr mit meinen Klassen auf Schülerfahrt. Aus Überzeugung, denn nach so einer Fahrt hat man viel zu erzählen und sie schweißt alle zusammen. Man profitiert das ganze weitere Schuljahr davon. Die Schüler danken es einem.

Es war mal wieder so weit. Ende der 8. Klasse war unsere Fahrt geplant. Es war herrliches Sommerwetter und alle hatten gute Laune. So machten wir uns auf den Weg ins schöne Brandenburg. Ich muss schon einen 7. Sinn gehabt haben, dass diese Fahrt eine besondere werden sollte. Ich tat, was ich bisher noch nie tat: Ich nahm das Auto mit auf Reisen. Unser Quartier war nämlich nicht nur in Brandenburg, es war auch am Ende der Welt. Doch, man kann es so sagen, alles andere würde die Sache verharmlosen. Die nächste Einkaufsmöglichkeit war fünf und das nächste Krankenhaus zehn Kilometer entfernt. Aber daran dachten wir bei der Anreise noch nicht. Ich folgte also mit meiner Renngurke, so heißt das Auto, da am Kofferraum ein gelber Aufkleber vom Spreewaldradweg klebt. Die Besonderheit: auf dem Rad sitzt eine Gurke … Ich folgte dem Bus und wir landeten in einer sehr schönen ruhigen Ecke von Brandenburg.

Rechts Wald, links Wald, hinten Wiese, vorne Wiese und in der Mitte stand eine Scheune. Na ja, dachte ich. Wenn man mit einer 8. Klasse reist, dann kann es nicht verkehrt sein, die Wildnis zu wählen. Die Sturm- und Drangzeit ist auch eine anstrengende und laute Zeit. Zumindest für die Erzieher und Lehrer, auch für die Erzeuger. Diese können sich aber gerade zu Hause entspannt zurücklehnen, denn sie haben eine Woche sturmfrei. Keine Diskussionen um nichts.

Nachdem der Schock über die Umgebung nachgelassen hatte, stieg ich aus meiner Renngurke und besichtigte das „Anwesen" näher. Abenteuer Osten! Wären wir doch nach Bayern oder Spanien gefahren! Meine schlimmsten Befürchtungen traten ein. Wir wohnten auf einem verwilderten Reiterhof. Das Besondere daran: Laut Ausführungsvorschrift Nummer 285/45 dürfen Schüler während Klassenfahrten nicht reiten. Die Unfallgefahr ist zu groß und die Krankenkassen sind leer. Unser Dach übern Kopf war nicht sehr vertrauenerweckend. Pferden und Schweinen hätte man das Quartier anbieten können, aber uns? Ich machte gute Miene zum bösen Spiel und verbreitete Optimismus. Tolles Wetter, wir sind ja fast nur draußen (und nachts schläft sowieso keiner). So bezogen wir unsere Zimmer. 30 aufgeregte Schüler gerieten in Bewegung. Was das bedeutet, weiß nur jemand, der mal dabei war. Meine Kollegin und ich setzten uns auf zwei wacklige Stühle vor der Scheune und gingen erst ins Haus (Scheune), als unheimliche Stille einsetzte.

Die Stille hatte ihren Grund:

Die Jungen hatten nichts Besseres zu tun, als im Flur mit dem Fußballspielen zu beginnen. Schon beim ersten Strafstoß ging eine Glasscheibe in der Tür zu Bruch. Wie kann man aber auch Glasscheiben in die Türen einsetzen? Diese Tür jedenfalls hatte nun keine Scheibe mehr.

Hätte ich gewusst, was mich in dieser Woche noch erwartet, hätte ich vielleicht sogar gelacht. Ein Schüler hatte sich zwar beim Auflesen der Scherben geschnitten, aber als Träger des Erste-Hilfe-Passes war das für mich kein Problem.

Es folgte die erste Nacht. Mit Besorgnis spähte ich an die ca. 500m entfernte Bushaltestelle, an der sich etwa acht nicht sympathisch wirkende Glatzen versammelten hatten. Da die zwei Busse, die hier täglich verkehren, schon vorbei waren, konnte es sich nur um ein Freizeittreff der Dorfjugend handeln. Aber der Feind lauerte in den eigenen Reihen. Meine Kollegin und ich machten noch in der Nacht gegen 1 Uhr (im Bett waren alle seit 23 Uhr) einen Rundgang. Wir hatten die Vermutung, das Männlein und Weiblein sich vermischten. Für derlei hormonelle Überreaktionen hatten wir keinen Sinn und sortierten streng nach Geschlecht aus. Ein Junge muss uns im Mädchenzimmer entgangen sein. Er hatte sich unter der Bettdecke versteckt und war nun auf der Flucht. Die Flucht ging er aber zu hastig an. So übersah er in der Dunkelheit eine auf den Boden liegende Colaflasche und rollte auf dieser unsanft ab. Nebenher gesagt, war es schier unmöglich auf dem Boden eine Stelle zu finden, wo nichts lag. Nach einer waagerechten Flugphase landete er unsanft mit der Hüfte auf der Bettkante. Dem Krachen folgte ein langer Schrei und Gejammer. Wie von der Tarantel gestochen, rannte ich in das Aktionszimmer und musste wieder Erste Hilfe leisten. Die Frage, was da so gekracht hatte, konnte ich aber auch nicht klären. Da half nur eins. Renngurke anspannen und im stockdunklen Brandenburg das Krankenhaus suchen und bei Erfolg der Suche ranfahren. Der Schwerverletzte wurde also auf die Unfallstation gebracht. Schon nach drei Stunden waren wir wieder auf der Heimfahrt in unsere Scheune zu den Spinnen und den Wartenden. Mit der Diagnose Rippenprellung waren wir alle zufrieden. Dann war das Krachen wohl doch im morschen Bett.

Nach kurzer Nacht liefen wir alle etwas geschwächt umher. Gerade waren wir von einer anstrengenden Vierkilometerwanderung zurück, als ein neuer Vorfall für einen Adrenalinschock sorgte.

Jens hatte noch Reserven und rannte über den Flur. Zeitgleich rannte Inge aus ihren Zimmer und die Tür traf den Kopf. Volltreffer. Ich wollte schon die Renngurke holen, aber mit Kühlen und gutem Zureden, konnten wir den Schüler wieder aufpäppeln. Die Tür hat übrigens keinen Schaden genommen. Langsam würden uns ja sonst die Türen ausgehen …

Am zweiten Tag sah die Welt wieder rosiger aus, denn die Teenies gönnten sich und uns aus Konditionsgründen ein paar Stunden mehr Schlaf. Wir sind beim Aufräumen der Zimmer, als ein Schrei uns hochfahren lässt. Im Jungenzimmer hatte Bernd aus reiner Faulheit versucht, den Inhalt des Mülleimers zusammenzupressen, um so erst morgen den lästigen Gang zur Mülltonne zu machen. Ergebnis: ein gebrochener Arm. Da hat er wohl zu fest gedrückt. Diesmal fanden wir die Rettungsstelle im Krankenhaus gleich. Mit Gipsarm und guten Vorsätzen fuhren wir mit unseren Unternehmungen fort. Den

Gedanken, ein Krankenzimmer einzurichten, verdrängten wir.
Nur wegen einer Prellung, einer Schnittwunde,
kleiner Platzwunde am Kopf und einem Gipsarm muss man
ja nicht pessimistisch werden.
Außerdem hatten wir herrliches Wetter. An der Scheune
befand sich ein Swimmingpool, oder so etwas in der Art.
Vielleicht war es früher die Klärgrube. Jedenfalls konnte man
ein erfrischendes Bad nehmen. Taten wir. Bei einer
Wassertiefe von 1,50m konnte ja auch nichts passieren.
Dachten wir. Vom Gegenteil überzeugte uns Jan. Er machte
einen Kopfsprung . Genau einmal. Der Erfolg war etwa so,
als wenn gar kein Wasser im Becken gewesen wäre. Meine
Renngurke kannte ja nun den Weg allein und wir fuhren
wieder den vertrauten Weg ins Krankenhaus. Dort begrüßte
man uns mit Handschlag und überlegte, ob sich ein
Bonusheft für eine Woche lohnen würde. Die
Röntgenschwester bot mir das „DU" an und vergnügt fuhren
wir mit einer neuen Halskrause wieder zu den anderen
Versehrten.
Einen Tag schafften wir dann doch noch ohne Unfall und es
beschlich mich eine Traurigkeit, denn der Chefarzt im
Krankenhaus war so ein netter Mann, den ich nun
wahrscheinlich nicht wiedersehen werde.
So fuhren wir mit vielen Eindrücken und Verbänden nach
Hause. Es war trotzdem eine schöne Fahrt. Ein besonderer
Dank geht an die Renngurke und an die Mitarbeiter des
Krankenhauses im Land Brandenburg.

Clever diese Zwerge
(Geschichte für Insider)

Es war einmal eine Zweckgemeinschaft aus sieben Zwergen.
Die lebten zufrieden und glücklich in ihrem kleinen Haus.
Gemütlich und sauber hatten sie es eingerichtet, so wie es
ihnen gefiel und so, dass sie sich darin wohl fühlten. Sieben
Tage in der Woche arbeiteten sie sieben Stunden fleißig und
ideenreich. Die Welt war in Ordnung und nichts konnte sie in
ihrem Leben erschüttern, dachten sie.
Aber eines Tages kamen sie zu ihrer Mittagspause in ihr
kleines Häuschen und da sahen sie, oh Schreck, dass jemand
in ihrem Stübchen gewesen sein musste. Der erste Zwerg rief:
„Wer hat auf meinem Stühlchen gesessen?" Der zweite rief:
„Wer hat von meinem Tellerchen gegessen?" „Wer hat die
Tische bekleckert?" usw. Na, das war eine Aufregung. Die
Zwerge fragten sich, wer wohl den weiten Weg bis zu ihrem
Häuschen gemacht hat. Aber keiner hatte eine Idee. Leise und
ein bisschen unglücklich nahmen sie ihre Mahlzeit ein.
Aber schon am nächsten Tag war wieder jemand in ihrem
Häuschen. Diesmal waren alle Tische und Stühlchen
umgestellt und es sah gar nicht mehr gemütlich aus. Traurig
saßen sie an ihren verstellten Tischen, aber keiner lachte
mehr, denn sie konnten sich ja nicht einmal mehr richtig
ansehen. Der Oberzwerg erhob sich und sagte: „Freunde, so
geht es nicht weiter. Wir müssen den Revierförster sprechen.
Nur er kann wissen, wer uns das antut." Gesagt, getan.
Am nächsten Tag sprach der Oberzwerg mit dem
Revierförster. Dieser war auch der Meinung, dass keiner das
Recht hat, einfach so in das Zwergenhaus zu gehen. Er
versprach ein Auge auf das Haus zu werfen.
Wochenlang war alles wieder gut, aber eines Tages kamen die
Zwerge von ihrer Arbeit ins Häuschen und alles war wieder
umgeräumt. Erschöpft ließen sie sich auf ihre Stühle fallen.
In diesem Moment geht die Tür auf und die Königin des
Zauberwaldes tritt ein.

„So Zwerge, ich wünsche, dass ab sofort hier im Haus alles so bleibt, wie ich es angeordnet habe."

„Aber …", wollte der Oberzwerg ansetzen.

„Was aber?", fragte die Königin und funkelte böse mit den Augen.

„Aber", traut sie der Oberzwerg noch einmal, "das ist doch unser Haus. Da können wir doch leben, wie wir das wollen."

„Euer Haus ist es schon, aber der Wald und das Königreich ist meins. Und daher müsst ihr euch meinem Willen fügen. Will noch jemand etwas dazu sagen?"

Verängstig gucken die kleinen Zwerge auf den Boden und keiner traut sich mehr zu widersprechen.

Die Königin macht auf dem Absatz kehrt und verschwand, so plötzlich wie sie gekommen war.

Im lustigen Zwergenhaus ist es nun immer ganz ruhig und keiner lacht mehr.

Eines Tages sagt der ganz kleine Zwerg: „Ich habe eine Idee. Wir wollen wieder lachen und lustig sein. Das geht nur da, wo wir uns wohl fühlen. Also lasst uns doch unser Mittagessen jetzt immer im Nachbarwald auf der schönen Schonung einnehmen."

Und so kam es, dass alle Zwerge wieder fröhlich und ohne böse Überraschungen ihre Pause genießen konnten. Die böse Königin hat sie nicht mehr finden können.

Und wenn die Zwerge nicht gestorben sind, so essen sie noch heute auf der schönen ruhigen Schonung und sind fröhlich.

Aber die böse Königin hat nun keine fleißigen Zwerge mehr und muss die Arbeit in ihrem Königreich ganz allein erledigen.

Computer sind auch nur Menschen

Dialoge aus dem Computerunterricht:

Technikgeheimnisse:
„Frau Loebe, mein Monitor ist kaputt." „Ist er denn an?"
„Ja!" „Dann mach ihn doch mal aus." Der Schüler macht es.
„Huch, jetzt geht er plötzlich!"

Irrgarten:
„Wenn ich jetzt ins Internet gehe, wie komme ich dann
wieder raus?"

„Frau Loebe ich glaube, ich habe das Internet gelöscht!" Aus
der zweiten Reihe ein Schüler: „Mensch, du warst das!"

Von Außerirdischen entführt:
Matheübungsprogramm für eine 1. Klasse im Weltall mit
Außerirdischen.
„Ich will nicht in dieses Lernprogramm rein, dann habe ich
Angst. Die Außerirdischen nehmen mich mit."

Keiner macht, was ich will:
„Immer wenn ich einen Buchstaben einsetze, verschwinden
die anderen." (Die Tasten Einfg und Entf zu beherrschen,
erleichtert die Arbeit.)

Rechtschreibschwäche:
„Warum zeigt der Computer das Wort „Weinachten" als
falsch geschrieben an?" ????????

Aussichtsloser Fall:
Internetseite Weihnachtsmanndorf. de , 1. Sonderschulklasse,
Memoryspiel
„Welche Karte möchtest du anklicken?" „ Schneemann." „ Ja,
den suchen wir. Welche Karte möchtest du anklicken?" „
Schneemann." „ Ich erkläre es dir noch einmal. Den

Schneemann suchen wir. Unter welcher Karte könnte er stecken?" „Weihnachtsmann."
„Gut, der Nächste ist dran."

Flacher Briefkasten:
„ So, nun gucken wir in meinen Briefkasten, ob der Weihnachtsmann uns eine E-Mail geschrieben hat." „Was, da geht ein Briefkasten rein?"

Unkenntnis über Shift-Tasten:
„Der Computer ist doof. Immer wenn ich einen großen Buchstaben schreiben will, kommt er groß und die großen Buchstaben werden immer klein."

Mehrschrittig:
„So, jetzt drücken wir alle ENTER!" Wird gleich gemacht: E-N-T-E-R!
„Und nun?"

Ärger mit dem Kleinvieh
„Meine Maus reagiert nicht."
Lehrer: „Dreh sie mal um, dann geht's."

amals

Man sieht sich im Leben immer zweimal
Für Arvid

Wenn man Kinder oder Jugendliche unterrichtet, denkt man
bestimmt nicht daran, in welcher Situation man sie vielleicht
in zehn oder zwanzig Jahren wiedersehen wird. Allein, dass
man sich überhaupt wieder trifft, steht nicht zur Debatte. Was
zählt, ist nur der Alltag in der Schule. So verbringt man Jahr
für Jahr gemeinsam. Die täglichen kleinen Probleme füllen die
Schulzeit aus. Dabei ist dann auch ziemlich schwer
vorstellbar, dass aus diesen unfertigen Monstern, doch
normale erwachsene Menschen werden können.
Nur selten fand ich bisher ein Exemplar, dass auch schon zu
Kindeszeiten meine dummen Witze verstand, an der richtigen
Stelle lachte und sich dadurch von der breiten Masse abhob.
Bereits in der sechsten Klasse wurde Arvid mein
Lieblingsschüler. Charmant, intelligent und schlagfertig. Der
Traum von einem Schüler. Findet man einen solchen, dann
hat er Narrenfreiheit und man trägt ihn auf pädagogischen
Händen. So schnell kommt nämlich nicht wieder einer vorbei,
der dieses Format hat.
Nach der Verabschiedung aus der Schulzeit rieselt langsam,
aber sicher, der Kalk in den Köpfen der immer älter
werdenden Pädagogen und damit rieselt auch langsam die
Gehirnwindung mit dem Namensspeicher zu. So kommt es
bei unerwarteten Wiedertreffen mit inzwischen erwachsenen
Männern oder Frauen zu einigen Verlegenheiten seitens der
Älteren.
Neulich in der Physiotherapie. „Ach, Sie auch hier?" Der
junge Mann ist ein wenig verlegen, so spontan die alte
Schachtel angesprochen zu haben. Die Lehrerin ist auch
verlegen, weil sie krampfhaft im Gedächtnis kramt, wer das
wohl sei und in welchen Jahrgang man ihn unterbringen kann.
In affenartiger Geschwindigkeit versucht man die richtige
Datei im Heimcomputer Gehirn zu finden. Bei mir endet eine

solche Suche generell mit: Error! Durch unauffällige und
indirekte Fragen versuche ich dann krampfhaft
herauszubekommen, wer mein Gegenüber ist. Die Jungen
verändern sich sehr stark. Aus den unterentwickelten
pubertären Knaben werden hoch aufgeschossene nette
Männer. Von Ähnlichkeit nichts zu finden. Wie unterhält man
sich mit einem Fremden oder fast fremden Menschen, von
dem man nicht mehr weiß wie er heißt, wie alt er ist und wie
man miteinander klar kam? Bei mir steigt dann immer der
Puls und ich hoffe, mich nicht all zu sehr zu blamieren.
Erkennt man sein Visavis, dann ist die Freude immer sehr
groß. Kommt allerdings selten vor. Neugierig ist man ja doch,
was aus den „Kleinen" geworden ist. Die Kinder aus den
eigenen Klassen hat man schon eher drauf. Über die Guten
und die Schlechten sind gleich Informationen abrufbereit,
über die blasse Mittelgruppe wird es mit der
Informationssuche schon schwerer. Ich kann beruhigt in
Rente gehen, eigentlich wird aus jedem was. Früher oder
später ...

Irgendwann in den Neunzigern hatte mein Sohn das selbe
Alter wie meine Schüler damals. Zu dieser Zeit arbeitete ich in
unmittelbarer Wohnnähe an einer Grundschule. Er ging
natürlich in eine andere Schule. Man hätte es weder ihm noch
mir zumuten können, unter einem Dach zu arbeiten!
Auf die Idee, dass meine Schüler später seine besten Freunde
werden könnten, bin ich nie gekommen. Erst in den letzten
Jahren häufen sich die Begegnungen in unserem Flur der
Wohnung, mal mit jähen Aufschreien meinerseits, oder durch
die der Besucher. Alles „Ehemalige"!
So auch Arvid. Er musste nur Geschichte bei mir ertragen
und grüßte mich daher auch gleich wieder ganz herzlich.
Seitdem sehen wir uns ziemlich regelmäßig. Er kommt sogar
zu unseren Geburtstagen und er war auch der einzige
Geburtstagsgast, der mir mal einen Badezusatz schenkte –
sorry – ich habe gar keine Badewanne... Macht nichts! Ich
konnte mich dafür bei seinem Geburtstag mit einem Buch:

„Was ein Mann über seine Gesundheit wissen sollte"
revanchieren.

Absoluter Höhepunkt war eine Einladung zu seiner Hochzeit.
Ach, war das schön!!!! Wir haben so viel geweint, gelacht und
getanzt. Es war meine erste Hochzeit bei einem
„Ehemaligen". Leider ist er in das Land seiner Frau gezogen.
Arvid lass es dir in Amerika gut gehen. Bleibe gesund und wir
sehen uns zu deiner Silberhochzeit!

Eines Tages, ich war gerade Strohwitwe, wurde ich auf einem
Samstagabend von der Jugend zu einem Umtrunk eingeladen.
Meine Tochter mit Freund, mein Sohn, Arvid und viele
andere waren da. Eine nette Runde mit Anfangzwanzigern. In
dieser Runde entdeckte ich mindestens fünf weitere
„Ehemalige". Mir war bis zu meinem Abgang von dieser Feier
nicht ganz klar, ob sie in mir ihre ehemalige Lehrerin sahen,
oder die mitgebrachte Mutter von meinem Sohn oder die
Bekannte von Arvid. Eigentlich auch egal. Der Abend war
gemütlich und mit dem Generationssprung hatte nur ich zu
tun.

Was mich aber beeindruckte, waren die Gesprächsthemen des
Abends. Man kennt es von eigenen Feten und Familienfeiern.
Es geht vor allem bei uns Menschen um die Vierzig um erste
gesundheitliche Probleme, es geht natürlich um leidliche
Figurprobleme und es geht auf jeden Fall um Fußball,
wahlweise kann es auch um die Computer gehen.

Überrascht war ich, als in der erste Stunde folgende Themen
an besagten Abend zur Sprache kamen: gesundheitliche
Probleme, Figurprobleme und natürlich Fußball. Daher fühlte
ich mich gleich heimisch.

Jonny berichtete stolz über seine beendete Fastenkur, bei der
er vier Kilo abgenommen hat. Dagegen wurde Jörg kritisiert,
denn er ist eine „fette Sau" geworden. Sascha wird auch
immer breiter, aber bei ihm liegt es am vielen Sport. Er hat
Muskelmasse zugelegt. Hinter vorgehaltener Hand war dann
noch Steffi dran, die in der Hose einen dicken Po hat, aber
Lisa müsste wieder etwas mehr essen, denn die hatte nun gar
keine Figur mehr. Somit war das auch geklärt.

Schwerwiegender waren die Probleme mit Schulter, Knie und Rücken. So konnten einige Patienten von den letzten Arztbesuchen bzw. Physiotherapieaufenthalten berichten. War ich vielleicht doch eher bei den Älteren gelandet? Nein, nein, unsere Jugend ist uns nah.
Wir haben quasi die selben Probleme. Wie tröstlich! Das schweißt uns zusammen und das macht sie mir noch sympathischer.
Mal wieder ist der Beweis erbracht worden, dass mit zunehmendem Alter sich die Grenzen zwischen Jung und Alt verwischen. Das gilt auch für ehemalige Schüler!

Wie der Zufall es will, findet sich noch ein „Ehemaliger" an. Er wohnt im Haus meiner Tochter und wurde mir von ihr als Maler empfohlen. Die Überraschung war gelungen, denn ich wusste nicht, dass der Maler „Rene" ist und er ahnte nur, dass die Mutti Loebe seine ehemalige Klassenlehrerin sein könnte. So fanden wir wieder zueinander. Nur brauchte ich dieses Mal seine Hilfe und nicht wie früher er meine. Schöne verdrehte Welt.
Bevor sich meine Wohnung wieder in eine helle, weiß gestrichene Oase verwandelte, musste ich mir aber noch einiges anhören.
Was bleibt bei einem Schüler aus seiner Schulzeit hängen?
„Sie haben mir in Mathe mal eine Fünf gegeben, weil ich abgeguckt haben soll. Hatte ich aber nicht, wie ungerecht."
Oh, je! Hoffentlich macht er seine Arbeit besser als ich damals!
Neulich trafen wir uns wieder. Ich berichtete von meiner Arbeit an dem vorliegenden Buch.
Rene überraschte mich mit dem Geständnis: „Ich überlege auch ein Buch zu schreiben. Ich muss ja meinem Namen gerecht werden."
Er heißt: Goethe. Da bekomme ich wohl Konkurrenz?!

Eierstöcke

In den vergangenen Jahren haben sich in unserem Bezirk viele ausländische Familien niedergelassen, was wir an den Schulen natürlich stark bemerken. Während in den Jahren zuvor immer mal einzelne kleine Vietnamesen oder sehr selbstbewusste albanische Kinder sich bei uns in den Klassen anfanden, so haben wir jetzt unzählige Nationen vertreten. Nicht immer haben es die Kinder leicht. Gerade erst vor kurzem nach Deutschland gekommen und schon sollen sie in der neuen Sprache am Unterricht teilnehmen. Aus Erfahrung haben wir festgestellt, dass in den Elternhäusern nur die Heimatsprache gesprochen wird und das es gar nicht lange dauert, dann können die Kinder sich zwar gut in Deutsch verständigen, aber zu Hause ist keiner, der auf Deutsch mit ihnen übt. Dabei kommt es natürlich zu vielen Problemen. Bei älteren Schülern hat man selten die Eltern als Ansprechpartner, da sie der deutschen Sprache nicht mächtig sind. Lädt man sie wegen eventueller Probleme in die Schule ein, dann erscheinen oft Oma, Opa, Tante, Onkel, mehrere Geschwister und manchmal auch ein Betreuer. Solche Gesprächen verwirren einen leicht, weil man nie weiß, wer versteht einen und wer nicht, wird alles übersetzt oder nur, was angenehm ist. Alle lächeln einen freundlich an und gucken verständnisvoll, aber ob das Problem erkannt wurde, bleibt zunächst unklar.
Bei den Großen nutzen das die Schüler natürlich schamlos aus. Will man ein Elternteil sprechen, heißt es: „Vati nix verstehen. Mutti nix verstehen. Nur Schwester!" Aber bald stellt sich heraus, dass die Schwester alle Missetaten ihres Bruderherzes deckt und sich nichts ändert. Bleibt man konsequent und schafft man es Kontakt zu den Eltern zu finden, merkt man schon, dass durchaus eine Kommunikation möglich ist. Meist sind die Eltern dann erstaunt, was sich so alles in den letzten Monaten in der Schule angestaut hat.

Bei der diesjährigen Sprachstandsfeststellung der Vorschüler waren ca. 50% der zukünftigen ersten Klasse ausländischer Herkunft. Verständigungsprobleme waren vorprogrammiert. Während die Kinder sich durch die Übung im Kindergarten schon gut mit uns unterhalten konnten, verstanden die Eltern meistens nur einige Worte. Eine Mutter reichte uns ihre kesse Tochter rein und meinte: „Komme morgen wieder!" Wir warfen uns sofort ins Zeug um ihr zu erklären, dass die Überprüfung nur 20 Minuten dauert. Ob sie uns verstand? Nach 20 Minuten war sie jedenfalls noch nicht wieder da. Uns schwante nichts Gutes. Wir beschäftigten also das Mädchen nebenher und waren sichtlich erleichtert, als die Mutter nach Stunden ihr Kind bei uns abholte.

Aber auch das Gegenteil ist der Fall. In einer 4. Klasse ist Iwan. Er kommt aus Russland. Als die Lehrerin ihn mit einigen russischen Sätzen überraschte, verstand er kaum etwas, denn er lebt schon seit sehr vielen Jahren hier. Er hat aber große Probleme beim Lernen und seine Leistungen sind schlecht. Daher musste er an eine Lernbehindertenschule wechseln, damit man ihm dort besser helfen kann. Als eine Fachlehrerin überrascht nachfragte, bekam sie von einem Mitschüler die Erklärung: „Man wissen Sie. Nun sind wir schon an einer Sonderschule, aber der ist so doof, dass er auch hier nichts mitbekommt. Daher muss er auf eine Beklopptenschule."

Na, ein bisschen feiner hätte man das ja auch sagen können. Oder?

Nun sei von einem Schüler berichtet, der bei einer ehemaligen Kollegin in die Klasse geht.

Er kommt aus Bosnien und besucht seit einiger Zeit die 5. Klasse. Josip kommt recht gut mit den Anforderungen klar, fehlt aber leider ziemlich oft im Unterricht.

Mal ist dies, mal ist das. Krankheiten lösen sich ab. Eines Tages fehlte er für lange Zeit und seine Lehrerin machte sich ernsthaft Sorgen, weil er noch nie so lange der Schule fern blieb. Nach einer Woche hatte sich die Mutter noch immer nicht gemeldet und die Lehrerin fragte telefonisch zu Hause nach. Aber keiner, der ans Telefon kam, konnte sie verstehen und umgekehrt. So lud sie schriftlich die Mutter ein, sie in der Schule zu besuchen. Auf diesem Wege wollte sie erfahren, was dem Jungen fehlt und es konnten eventuell Übungsaufgaben mitgegeben werden.

Die Mutter erschien und es wurde ein anstrengendes Gespräch.

Lehrerin: „Liebe Frau K., ihr Sohn fehlt oft im Unterricht und war auch jetzt schon eine Weile nicht mehr da. Was ist denn los?"

Die Mutter in bunter Kleidung, freundlich und sehr aufgeschlossen, legt sofort los: „Ja, ja, wir viel zu tun. Vater keine Arbeit. Immer rennen von Amt zu Amt. Viel Stress. Sehr unzufrieden.

Habe Vater gesagt, muss sich kümmern. Muss immer wieder versuchen ...."

Aus Höflichkeit ließ die Lehrerin sie aussprechen und kam so nach vielleicht einer Viertelstunde auch wieder zu Wort.

Leider hatte sie noch immer nicht erfahren, was eigentlich mit Josip los ist. Sie fragte nach.

Wieder legte die Mutter Kaliber Mammutschka los: „Oh ja. Viele Probleme. Viel Stress. Habe gesagt: Darfst nicht viel fehlen. Lernen wichtig. Musst später bekommen Arbeit. Fleißig sein. Braver Junge sein. Aber haben keine Zeit. Vater immer auf Ämter. Keine Arbeit. Wenig Geld. Immer suche Arbeit ..."

Eine weitere längere Rede erfolgte und die Lehrerin wusste auch nicht, ob es nun unhöflich wäre einzuschreiten. In Anbetracht des Zeitfaktors unterbrach sie den Redefluss der guten Frau und fragte nochmals nach dem Befinden des Kindes.

Dieses Mal bekam sie eine eindeutige Antwort:

„Oh schlimm. Josip im Krankenhaus. Haben viel Bauchschmerzen. Immer Bauchschmerzen. Armer Junge."

In diesem Moment fasst sie die Mutter zur Veranschaulichung in ihre Leiste und sagt:

„Wissen Sie die Eierstöcke, Eierstöcke ...!"

Für die Lehrerin war damit das Gespräch beendet. Was er nun hatte, blieb ungeklärt. Sicher wird er nach erfolgreicher Behandlung genannter Körperorgane wieder den Unterricht besuchen können. Ob als Junge oder Mädchen, Hauptsache es geht ihm wieder gut.

*E*rdmännchen

Ein neues Kalenderjahr hat begonnen. Die Medien
unterrichteten uns in dieser Woche davon, dass im Zoo und
im Tierpark Berlin richtig was los ist. Es wird eine Inventur
der Tiere gemacht. Wie jedes Jahr.
So eine Inventur ist eigentlich nichts Besonderes. In einem
Gehege mit Nashörnern guckt man rein und dann weiß man,
wie viele Tiere darin stehen. Schwieriger wird das bei Fischen,
oder bei Flugtieren z.B. im Alfred-Brehm-Haus.
Diese Problematik hat uns auch eine liebevoll gemachte
Sendung aus dem Fernsehen nahe gebracht. Aus dem
Leipziger Zoo wurde über Wochen von Montag bis Freitag
vom Alltag der Tiere und der Tierpfleger berichtet. „Tiger
und Co." Ein Pflichtprogramm, falls man um 16.10 Uhr
schon zu Hause war. Bei den Kleintieren wurde nicht selten
alles eingefangen, was nicht bei „drei" weg war und dann sah
man auf den Fußringen nach, wen man da ins Netz
bekommen hat. Auch implantierte Chips wurden eingelesen.
Hightech eben!
Kann man sich vorstellen, dass es in einem Tierpark oder
Zoo Verluste gibt?
Eigentlich nicht, denn auch hier herrscht die uns allseits
bekannte Bürokratie. Wird ein Tier geboren, bekommt es
Namen und eine Nummer. Stirbt ein Tier, wird es von der
Liste gestrichen.
Aber man hat nicht mit unseren Schülern gerechnet!
Zu gern gesehenen Gästen im Erfurter Zoo gehören natürlich
Kinder und Jugendliche. Die gehen beim Besuch des Zoos
das geringste Risiko an einem Ausflug ein. Auch den Lehrern
ist es recht. Wie bei den Tieren sind Zäune und Grenzen, da
kann man sie frei laufen lassen - ich meine die Besucher.
Unsere Besucher sind Schüler einer 7. Klasse. Sie gehen in
eine Praxisklasse an einer Regelschule. Die neun Schüler sind
aus pädagogischer Sicht schwer zu unterrichten und haben
daher einen sehr praxisorientierten Unterricht. Damit sei
schon mal klargestellt, dass sie nicht beim Wandern sind,

sondern im Rahmen des biologisch-orientierten Unterrichts die Tiere beobachten wollen - sollen - dürfen - können.
Nach der Einweisung in der Zooschule begeben sie sich auf den Rundgang. Affen dort, Hirsche da, Kamele hier und immer in der Nähe die begleitenden Lehrer und Erzieher, denn die kennen ihre Pappenheimer. Wehe wenn sie losgelassen werden! Affen auf die Bäume - rettet euch!
Die Gefahr lauert aber nicht bei den Affen.
Man nähert sich der Anlage der Erdmännchen. Wer liebt sie nicht, diese kleinen flinken Gesellen. Aus der oben genannten Fernsehsendung weiß ich nun, dass immer ein Tier auf Aussichtsposten steht und das Gehege bewacht. Es ist mir leider nicht übermittelt, ob es die kommende Gefahr in Gestalt unserer Schüler erahnte und Alarm schlug.
Das Besondere am Gehege der Erdmännchen ist die mögliche Volksnähe. Man muss sich nur über den Rand lehnen und schon sind die neugierigen Tierchen da. Immer auf der Suche nach etwas Essbarem. Das fanden unsere Kids super. Abwechselnd hingen sie oder ihre Taschen über der Reling. Alle hatten ihren Spaß: Tiere und Besucher.
Der Spaß drohte zu eskalieren, als die Erdmännchen auch mal in die reingehangenen Beutel kletterten. Aber sie hatten ja selber Angst und hopsten schnell wieder raus.
Dachten zumindest alle.
Eine Schülerin merkte allerdings erst bei den Tigern, dass in ihrer Tasche irgendetwas nicht stimmte. Kaum zu glauben, aber wahr. Ein Tierchen war noch drin! Was nun? Ärger war vorprogrammiert. Unauffällig versammelten sich Jungen und Mädchen zu einer Krisensitzung. Man hatte ja auch noch einen langen Heimweg mit der Straßenbahn durch ganz Erfurt vor sich. Aber bekanntlich ist die Lage ja erst dann besch..., wenn wir uns nicht zu helfen wissen!
So wurde das Tier aus dem Zoo geschmuggelt – soviel zum Thema Inventur und Zählung der Tiere.
Unsere Jugendlichen bekamen es nun langsam mit der Angst zu tun, denn nach Hause nehmen wollte man das Tierchen dann doch nicht. Keiner konnte sich vorstellen, seinem

Erzeuger mal so nebenbei zu erklären: „ Hi, habe euch was vom Wandertag mitgebracht."

Also beschloss ein Junge, dass Tier ins Tierheim zu bringen. Auch logisch, denn was man findet, gibt man brav ab und … bekommt Finderlohn. Ihm schwebte da so eine Summe von 1000€ vor. Das klappte dann nicht ganz nach Plan, er war nämlich das Tier los und seine Personalien durfte er auch da lassen, für die Polizei.

Aber was Positives gab es doch: Das Erdmännchen wurde gerettet und dem Zoo wiedergegeben, damit die nächste Tierzählung auch stimmt.

*F*rüher war alles anders … Erlebnisse von 1955 in einem Wochenheim

Mal ehrlich: Alle Menschen, die heutzutage mit Kindern zu tun haben, fragen sich doch früher oder später, ob man die Kinder in der Gegenwart mit Kindern von gestern vergleichen kann. Kann man natürlich nicht. Andere Zeiten, andere Kinder! Trotzdem bleiben Sprüche wie:
„So etwas hätte es bei einer ordentlichen Erziehung nicht gegeben!" oder „ Die Jugend von heute ist viel schrecklicher …" nicht aus.
Ich möchte den Beweis führen, dass jede Zeit ihre Rüpel hat.
Frau Erika L. arbeitete damals als junge Erzieherin in einem Betriebswochenheim und Kindergarten in Treptow.
Einer ihrer Spaziergänge mit den Kindern führte sie auf den Stralauer Fischmarkt. Dort war gerade ein großer Rummel und es gab viel zu sehen. Im Schlepptau hatte sie eine Gruppe mit Kindern zwischen vier und fünf Jahren. Jede Gruppe hatte auch damals schon seinen speziellen Clown. In dieser Gruppe war es Paul. Er fiel immer irgendwie auf. Er machte immer Unsinn und wenn es Ärger gab, dann mit ihm.
Nachdem man eine Weile dem Treiben auf dem Rummel zugesehen hatte, blieb die Gruppe an einem Karussell stehen, das mit großen gemalten Bildern an den Seitenwänden auf sich aufmerksam machte. Zu sehen waren wunderschöne Frauen mit langen wallendem Haar und Fischschwanz. Die Nixen hatten natürlich den Oberkörper entblößt und vollbusig wie sie waren, wirkten sie nun in ganzer Pracht auf Paul. Der guckte sich die halbnackten Frauen eine Weile an und sagte dann zu seinem Freund:" Oh, guck doch mal die nackten Frauen."
Dieser wendete sich empört zur Erzieherin und sagte: „Frau L., Paul das Schwein verderbt uns!"
Welch eine Moral!
Schnell wechselte man das Karussell, die Ablenkung war perfekt.

Obwohl Paul in diesem Fall weniger Schuld hatte, so gab es auch genügend eindeutige Situationen, wo er der Täter war. Mehrmals im Jahr kamen die Fensterputzer ins Heim. Alles wurde gewienert und gereinigt. Schließlich sollen die Kinder in einer hygienischen Umgebung wohnen. Das fand auch Paul und kippte seinen Nachttopf samt Inhalt aus dem Fenster. Immerhin besser, als wenn er etwas im Zimmer oder auf dem Flur verplempert hätte.

Dumm nur, dass eine Etage tiefer gerade der Fensterputzer arbeitete …. (und eine Erzieherin den „Fensterwurf" beobachtete).

Schuld daran war sicher auch die nackte Frau! Wenn die Moral erst einmal ins Wanken kommt, dann fliegen auch die Inhalte von Nachttöpfen durch die Luft!

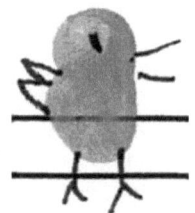

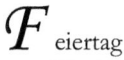eiertag
Ein 1. Mai zum Abfeiern in der Berufsschule

Ich habe damals noch nicht lange in diesem Beruf gearbeitet, gab aber immer alles und wurde sogar zur Gewerkschaftsvorsitzenden des Kollegiums gewählt.

Zu tiefsten DDR-Zeiten gehörte das Organisieren der wichtigsten Feiertage zu meinen Aufgaben: Frauentagsfeier vorbereiten, Demonstrationen zum 1.Mai und 7. Oktober durch Teilnehmer sichern.

Anfang der 80er Jahre lag der 1. Mai laut Kalender auf einem Dienstag. So kam mir die Idee, den Kollegen Folgendes vorzuschlagen:

Wir organisieren uns ein langes Wochenende, indem wir den Montag frei nehmen und dann den Dienstag ranhängen. So fängt der Unterricht erst wieder am Mittwoch an. Natürlich durfte kein Unterricht ausfallen. Die vier Blöcke a zwei Stunden mussten selbstverständlich vorgearbeitet werden. So kam dieser Vorschlag in einer der Leitungssitzungen auf die Tagesordnung und wurde diskutiert. Alle waren einverstanden und nun konnte in der nächsten Montagsversammlung den Kollegen der Vorschlag vorgelegt werden. Die Lehrer waren einverstanden und es mussten noch die erwachsenen Schüler ihr Einverständnis geben. Da soll es in der DDR keine Demokratie gegeben haben? An unserer Schule auf jeden Fall! Natürlich wurde alles gründlich schriftlich festgehalten und an übergeordnete Dienststellen in dreifacher Ausführung eingereicht. Ich hatte viel Arbeit damit und betrieb die Sache als Hobby. Alles sollte gut ausgehen.

Es wurde festgelegt, dass die verlegten Unterrichtsblöcke an zwei Samstagen vorgearbeitet werden. Das war für uns kein Problem, denn wir hatten ja sowieso alle 14 Tage samstags Unterricht. So ging alles seinen sozialistischen Gang und der 1. Mai konnte kommen.

Zunächst kam aber erst einmal der erste Samstag, an dem vorgearbeitet wurde.

Ich sollte Unterricht in einer Klasse mit Schlosserlehrlingen geben. Sollte! Obwohl ich zu den Jungen dieser Klasse einen guten Kontakt hatte, passierte das, worauf ich nicht gefasst war. Entweder mochten sie keinen 1. Mai, oder sie wollten kein langes Wochenende zum Ausspannen, oder sie hatten einfach nur schlechte Laune …

Jedenfalls erschien ich gut gelaunt in der Tür und sehe 20 Köpfe auf Kopfkissen, angeblich schlafend und schnarchend. Das ist eine Provokation! Offensichtlich!

Ich polterte völlig unpädagogisch los und nichts passierte. Es war eindeutig, was meine Schüler von diesem außerplanmäßigen Unterrichtstag hielten.

Nach Momenten der Überlegung hatte ich einen Kurzschluss im Gehirn. Ich fing an zu heulen und rannte aus der Klasse heraus. Eine Kollegin musste mich vertreten. Sie hat es geschafft, die jugendlichen Revoluzzer zum Arbeiten zu bringen. Ich nicht. Ich habe mich wie ein Anfänger benommen. Na gut, ich war ja auch einer.

Heute würde mir das nicht mehr passieren, davon bin ich überzeugt. Wahrscheinlich schon deshalb nicht, weil heute der 1. Mai nicht mehr das ist, was er mal war.

Ich glaube an einen Racheakt von ganz oben, da ich am besagten Tag damals die Demonstration schwänzen wollte, um einen Wochenendtrip zu machen.

Zuviel Engagement ist eben auch nichts!

*G*eister sind auch nicht mehr das, was sie mal waren

Ein Höhepunkt in der Arbeit eines jeden Lehrers ist ganz
ohne Zweifel eine Schülerfahrt. Natürlich bringt das auch
zugleich für die Schüler eine willkommene Abwechslung.
Gleich mehrere Vorteile liegen auf der Hand: mit seinen
Schulkumpels kann man endlich mal ein paar Tage und vor
allem Nächte verbringen, die Eltern sind weit weg, der Lehrer
meist auch, denn keiner kann über 20 Kinder gleichzeitig
beobachten und es findet kein Unterricht statt.
Optimal! Meistens verreist man kurz vor dem
Schuljahresende, denn da ist eh schon alles egal.
So begab sich eine 6. Klasse einer Lichtenberger Schule auf
große Fahrt in die wunderschöne Schorfheide vor den Toren
Berlins. Die Ausführungsvorschrift zu den Fahrten legt fest,
mit Grundschülern in die nähere Umgebung des Heimatortes
zu fahren. Relativ sinnvoll, denn bei allen Wünschen und
Freuden einer gemeinsamen Fahrt ist es den Teilnehmern
völlig egal, ob man 10 oder 1000 Kilometer von zu Hause
weg ist. Es gibt nur zwei Wermutstropfen: Fahrten ins ferne
Ausland sind wesentlich billiger (Spanien 10 Tage = 5 Tage
Klein Köris ...)
und Störenfriede, die der Fahrt verwiesen werden müssen,
sind in erhöhter Gefahr, wenn sie so nah der Heimat sind.
Ohne Diskussion wird jeder Lehrer und jeder Schüler
bestätigen, dass der absolute Höhepunkt der gemeinsamen
Woche eine Nachtwanderung ist. Die muss sein. In dieser
Nacht ist Ruhe garantiert nie zu erreichen und so ein
Kribbeln von Spannung ist im Bauch. Als aufgeklärte
Menschen wissen natürlich die Schüler einer 6. Klasse, dass es
keine Gespenster gibt. Aber man weiß ja nie. So manches
Großmaul von Schüler war nachts im Wald nicht
wiederzuerkennen.
Der Klassenlehrer wollte seinen Kindern richtig einheizen.
Diese Nachtwanderung sollten sie nie vergessen. So gibt es
doch in seiner Klasse eine paar „Schwerverbrecher" mehr als
normal üblich. Drei Jahre haben sie ihn geschafft und der

Abschied am Ende des Schuljahres (zum Wechsel in die Oberschule) wird nicht ganz so tränenreich. Da wäre es doch toll, sie mal richtig ranzunehmen. Als erfahrener Pauker ist der Klassenlehrer einfallsreich und sucht sich unterstützende Hilfe. So hatte es sich während der vergangenen Tage ergeben, dass die Dorfjugend in Nähe der Jugendherberge auftauchte und sich umsah, was für „Material" (überwiegend weibliches) aus der Hauptstadt eingetroffen ist. Die Mädchen fühlten sich natürlich geschmeichelt und machten ihr übliches Schnepfenrennen auf dem Dorfboulevard. Sehen und gesehen werden!

Die männlichen Jugendlichen aus dem Dorf waren von der Idee begeistert, bei der Nachtwanderung dabei zu sein. Sie erklärten sich sofort bereit mitzumischen - als Gespenster! Da nun endlich mal was los ist in ihrem Nest, gaben sie sich sogar besondere Mühe. Man hat sich nicht einfach nur ein Bettlaken umgehängt, sondern man benutzte ausgediente Felle aus dem Schuppen. Arme Wildschweine haben vor vielen Jahren ihr Leben dafür gegeben, um das Haus zu schmücken. Nun werden sie nicht mehr gebraucht und kommen unseren angeworbenen Gespenstern gerade recht. Der Abend vergeht und die Nacht kommt. Da es im Juni spät dunkel wird, wartet man natürlich bis ca. 23 Uhr und dann geht es endlich los. In den Zimmern werden gruselige Geschichten erzählt. Jedem fällt dazu etwas ein. Da ist die Rede von Werwölfen, von abgetrennten Gliedmaßen, die irgendwo herumliegen und von mysteriösen Ereignissen, bei denen man natürlich persönlich mit dabei war. So heizt sich die Stimmung auf und die Sache wird zu einem Selbstläufer. Beim Betreten des dunklen Waldes ist es dann vorbei mit der guten Laune. Ruhe zieht ein und die ersten haben schon gar keine Lust mehr auf eine Nachtwanderung. Aber dafür ist es nun zu spät. Mitgegangen, mitgehangen. Als Erwachsener weiß man ja selbst, dass einem in einem finsteren Wald die Fantasie bald durchgeht. Man lauscht auf jedes Geräusch und davon gibt es viele. Hinter jedem zweiten Baum erkennt man einen geheimnisvollen Schatten und wenn dann auch noch ein aufgeschrecktes Tier losläuft, ist Panik angesagt.

Den Lehrer plagen inzwischen ganz andere Sorgen. Es wird sich doch kein Kind verlaufen oder gar weinen? Also verlieren kann man eigentlich keinen, denn jeder hält sich am Nachbarn fest. Man weiß ja nie. Alles nach dem Motto: Sei nicht feige, lass mich hinter den Baum.

Genau hier setzt nun die Gemeinheit des Lehrers ein. Bereits seit einiger Zeit läuft man als „Reisegruppe" durch den Wald. Die Großklappen immer noch als Großklappen. Aber auch für sie wird es langsam eng. Es steht nämlich nun die Mutprobe bevor. Jeder muss ca. 100 Meter allein Richtung Ziel laufen. Und 100 Meter können in einer finsteren Nacht sehr lang sein! Nach und nach werden alle einzeln losgeschickt. Ein Vater, der zur Unterstützung mitgekommen ist, steht am vereinbarten Treffpunkt und nimmt die Mutigen in Empfang.

Übrig bleiben drei zitternde Mädchen, die nur noch ein Ziel haben: Schnell in einen hellen und sicheren Raum zu kommen. An der starken Hand des Klassenlehrers werden sie nun ausnahmsweise begleitet. Man ist ja kein Unmensch. Mit schlechtem Gewissen begleitet der Organisator seine Angsthasen, denn er weiß ja, dass gleich die Dorfjugend sich gespenstisch in Szene setzten wird. Zum großen Erstaunen muss er aber feststellen, dass sich nichts dergleichen ereignet. Egal. Er ist froh, dass alle gut angekommen sind und nun aufgeregt ihre Eindrücke und Erlebnisse erzählen. Diese Nacht soll noch eine lange werden, bis endlich Ruhe einzieht.

Am nächsten und letzten Abend zieht sehr bald Ruhe ein, denn alle sind von der letzten und unruhigen Nacht etwas angegangen. Vater und Lehrer gönnen sich in der benachbarten Dorfkneipe ein Abschiedsbier. Was sie nicht wussten, dass genau hier eine böse Überraschung auf sie wartet.

Beim Betreten des Schankraumes tritt sofortige Ruhe ein. Alarmiert lassen sie ihre Blicke schweifen. Die Blicke bleiben auf drei jugendliche Helden hängen, die an der Theke stehen. Sie erkannten sie nicht sofort, denn sie hatten diverse

Verletzungen, die durch Verbände geschützt wurden. Oh Gott! Das waren die Gespenster! Was war passiert? Genau die drei Rabauken, denen bei der Nachtwanderung so richtig eingeheizt werden sollte, hatten beim Angriff der vermeintlichen Wilden im Fell zur Selbstverteidigung gegriffen. Sie sammelten vom Boden starke Äste und verdroschen die Angreifer. Als Berliner Göre lässt man sich doch nicht verarschen. So kam es, dass die Dorfjugend einen Denkzettel verpasst bekam. Auf die nächsten Kinder müssen sie sich doch besser vorbereiten. Es empfiehlt sich ein Verteidigungskurs.

Nachtrag:
Schülerfahrten hin, Schülerfahrten her! Jeder Lehrer wird bestätigen, dass sie ein Höhepunkt beim Begleiten einer Klasse sind. Man sollte sie auf jeden Fall durchführen, denn es lohnt sich. Abgesehen von den vielen schönen gemeinsamen Erlebnissen, profitiert man für die gemeinsame Arbeit. Lehrer und Schüler lernen sich von einer ganz anderen Seite kennen und arbeiten mal nicht nur, sondern haben (noch mehr) Spaß miteinander. Das Arbeiten klappt in der Schule danach viel besser und man zehrt von den gemeinsamen Erlebnissen. Hinter die Kulissen geguckt bedeutet so eine Fahrt aber eine Spitzenbelastung für den, der die Verantwortung hat. Das Organisatorische im Vorfeld ist nicht so erfreulich: Man füllt ca. acht Seiten Antrag für das Schulamt aus. Natürlich mit pädagogischer und inhaltlicher Ausarbeitung. Da das Land Berlin über keinen Pfennig verfügt, ist es seit vielen Jahren so üblich, dass der Lehrer auf seine Reisekostenrückerstattung verzichtet. Er macht seinen 24-Stundendienst für meistens fünf Tage und erledigt im Nachhinein die vier Seiten Abrechnung. Wehe es stimmt eine Kleinigkeit nicht, dann kann sich so eine Klassenfahrtauswertung auch über Monate hinziehen. Aber man macht das ja gern. Der Bürokratismus

lebe hoch. Den Eltern, die aus finanziellen Engpässen eine Fahrt nicht für ihren Schützling bezahlen können, denen hilft man auch durch den bürokratischen Dschungel.

Das wirklich Belastende an Klassenfahrten ist der Druck, der auf einem lastet, ob auch wirklich unterwegs nichts passiert. Man will ja schließlich ohne große Verluste wieder nach Hause kommen. Tagelanges Belehren ist daher angesagt. Trotz so mancher Panne, so werden meist alle wieder heil nach Hause gebracht.

Und trotzdem war es wieder schön.

Dieses schöne Gefühl will man nun aber alle angestellten Lehrern nehmen. Wie wir im März 2004 erfuhren, dürfen nur noch Beamte auf Schülerfahrt gehen. Eben nur die Besten!

Was ist passiert:

Irgendeinem Lehrer aus Thüringen stank es (mit Recht), die ganzen Anträge und Auswertungen zu schreiben, damit er einen Dienstauftrag erhält. So klagte er kurzerhand sein Geld beim Gericht ein und bekam Recht.

Nun kommt das jeweilige Land ins Schwitzen. Sie müssen zahlen. Da man Angst vor Wiederholungstätern hat, wurde festgelegt, dass nur die echten Staatsdiener (die trauen sich das nicht) noch fahren dürfen. Sei denn, es findet sich ein Sponsor für die Reisekosten des Lehrers.

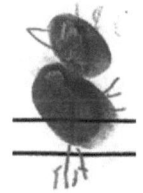

*H*ü und Hott in der Deutschen Rechtschreibung

Es macht Freude, als Deutschlehrer zu arbeiten. Besonders die Rechtschreibung bringt Abwechslung ins stupide Schulleben. Lang ist es her, dass man beim Schreiben nicht groß denken musste. Man schrieb eben einfach so, wie man es gelernt hatte. War man sich mal nicht so sicher, dann nahm man den einzigen Duden, den es zu DDR-Zeiten gab (wahlweise in kackgelb oder kotzgrün – aber in Leinen gebunden).

Die Kommasetzung war allerdings schon immer eine Herausforderung. Über 50 Regeln zwang mich meine Mentorin im großen Schulpraktikum zu lesen, zu verstehen und auszuarbeiten. Nichts war mit dem Wahlspruch: „Nach Gefühl setzen!" Während ich damals unter Schock stand, bei der Behandlung von Kommaregeln muss ich beim Studium verhindert gewesen sein, bin ich meiner Peinigerin heute noch dankbar, dass ich gezwungen war, mich mit diesem überaus lebensnotwendigen Thema, zwangsweise, auseinander zu setzen (Ausdruck war bei diesem Satz nicht gefragt, schließlich geht es ja um die Rechtschreibung). Zur Zeit bin ich mir allerdings nicht so sicher, ob sichere Regelkenntnisse aus den 80er Jahren von Vorteil sind.

Seitdem ist viel passiert, nicht nur in der Weltpolitik, sondern auch in der kleinen Politik, z.B. der Schulpolitik. Diese ist von einer ganz entscheidenden Reform betroffen: der Rechtschreibreform!

Gemäß dem Motto: Was lange währt, wird gut! - debattierte man unglaubliche zwanzig Jahre lang, was man alles sinnvoller und unnötiger Weise an der Rechtschreibung verändern kann. Schließlich ist die Sprache in mündlicher als auch schriftlicher Form gewissen Modeerscheinungen unterlegen. Hoffnung kam bei Schülern und Lehrern gleichermaßen auf. Sollte ein Traum wahr werden und auch in unserer Heimatsprache zukünftig alles klein geschrieben werden? Die gehasste Groß- und Kleinschreibung könnte damit Platz Eins in der

Fehlerquoten-Hitliste frei machen für die Getrennt- und Zusammenschreibung.

Die seit 1987 durch die Kultusministerkonferenz beauftragten Institute gaben angeblich ihr Bestes. Aber die Enttäuschung war groß. Reförmchen hier, eine kleine Regel da weg, aber woanders wieder eine neue dazu ….

Seit 1996 konnte jeder deutsche Staatsbürger mit einem neuen Regelwerk seinen Feierabend verbringen. Die Lehrer voran, denn ab sofort galt es, alle schulischen Angelegenheiten in der neuen Rechtschreibung vorzunehmen. So büffelten die Pauker selber, nahmen an Weiterbildungen teil, hielten Versammlungen ab und waren enttäuscht. Die komplizierten Themengebiete blieben kompliziert und echte Erleichterungen sah man zunächst nicht.

Der neuen Rechtschreibung mächtig, hatte man seine Bedenken, diese auch anzuwenden. Bei Eintragungen in Poesiealben zum Beispiel, oder bei Elternbriefen. Wer die neuen Regeln nicht kannte, der hatte vielleicht den Eindruck, dass der Lehrer nicht ganz sicher in der Orthografie sei. Eine Gratwanderung begann.

Die Schüler lernten nun gleich die neue Schreibung, die letztlich recht logisch war und die,

die schon ein paar Jahre Deutschunterricht auf dem Buckel hatten, denen war es egal. Sie konnten die alte nicht und die neue auch nicht. Bei der Korrektur von Aufsätzen war es dann sehr lustig, denn mit mehreren Farben mussten die alten und neuen „Fehler" markiert werden. Wie in einem Malheft! Ungeachtet der Meckerei gewöhnten sich alle Betroffenen erstaunlich schnell an den neuen, dieses Mal, quittegelben Duden.

Die allgemeine Öffentlichkeit hingegen tat so, als wäre nichts geschehen. Namhafte Schriftsteller gaben ihre neuen Werke mit ignoranter Breitseite in der alten Schreibung heraus und noch im 21. Jahrhundert weigerten sich auflagenstarke Zeitungen, die neuen Regeln anzuwenden. Jeder macht was er will, alle machen mit und was herauskommt, ist das, was keiner wollte!

An sich ist eine exakte Rechtschreibung eh egal. Ob auf Werbetafeln oder im Fernsehen, alle scheinen völlig losgelöst und jeder schreibt drauf los, wie er es sich denkt oder es ihm gefällt.

So fange ich meinen Unterricht oft mit den Worten an: „Liebe Kinder, was ihr da seht, dürft ihr nicht nachmachen."

Neuestes Beispiel:

Ganz Deutschland, außer ich, fiebert der Fußball-Weltmeisterschaft entgegen.

Gerade habe ich in einer 4. Klasse die s-Laut-Schreibung mit recht guten Ergebnissen behandelt, da lese ich morgens in der Tageszeitung, dass die FIFA festgelegt hat, Fußball während der gesamten Werbeaktionen der Weltmeisterschaft mit doppelten s zu schreiben. Begründung: Ihr Sitz ist in der Schweiz. In der Schweiß, pardon Schweiz, gibt es kein „ß" im Alphabet. Man ist eben eigen und spart wo man kann. Daher hat das Modell in diesem kleinen Staat nur ideale Masse (übersetzt ins Deutsche: ideale Maße).

Jedenfalls wird von allen Werbetafeln, Zeitungen, im Fernsehen und was weiß ich nicht überall in völlig falscher Schreibweise : FUSSBALL! zu lesen sein. Klasse ihr Sportsfreunde!

Man will sich ja mit keinem anlegen und so hat die Kultusministerkonferenz die Gegner und die Befürworter der neuen Rechtschreibreform beauftragt, eine gemeinsame und endgültige Fassung zu erarbeiten. Auch mit sehr viel Fantasie kann ich mir nicht vorstellen, was da wieder auf uns zukommt. Schon im August 2006 soll sie in Kraft treten.

Ich habe nur einen Wunsch: Bitte mehr Dehnungslaute z.B. Duhden und wenn es schon wieder einen neuen gibt, dann aber diese Mal in Knallrot. Warnung!!!!!!!!!

Der arme Conrad Duden dreht sich sicher im Grabe um!

I rritationen während der Prüfung 1981

Auch die schönste Zeit geht mal zu Ende. So auch die
Studienzeit. Für mich war diese aber genau genommen schon
ein Semester eher zu Ende, denn da wurde meine Tochter
Maria geboren. Im damaligen familienfreundlichen Staat war
das aber kein Problem. In unserer Seminargruppe gab es bei
35 Mitgliedern bereits 32mal Nachwuchs. Fleißig, fleißig.
Man machte es uns aber auch leicht. War man schwanger und
hielt bis zum Schwangerschaftsurlaub durch, dann bekam
man sein Kind, blieb sechs Wochen zu Hause und erschien
dann wieder im Seminar. Wichtig war nur, alle Prüfungen
mitzumachen. Wir waren natürlich untereinander auch
Kumpel und schrieben mit Blaupapier alle Vorlesungen und
Seminare mit, damit man zu Hause zwischen Windelwechseln
und Stillen im Selbststudium alles nachholen konnte. So war
man bestens organisiert. Studentin und Mutter sein, konnte
man gut unter einen Hut bringen. Krippenplätze gab es für
die Kleinen auch genügend – ideal.
Ich hatte besonderes Glück, denn ich bekam unser Kind nach
dem 6. und kurz vor dem 7. Semester. Sauber geplant,
zwischen der vierstündigen Deutschklausur kurz vor den
Sommerferien und dem Schreiben der Diplomarbeit, erblickte
Maria das Licht der Welt. Das Kind hütend schrieb ich zu
Hause meine Diplomarbeit und erschien nicht beim Studium,
als das 7. Semester begann. Dieses war nur sehr kurz und
nicht entscheidend. Man erlaubte mir zu Hause zu bleiben, da
ich ja weit weg vom Studienort wohnte. Wichtig war es, alle
Konsultationstermine für die Diplomarbeit einzuhalten und
pünktlich zu den Prüfungen zu erscheinen.
Meine Mitstudentinnen schrieben fleißig für mich mit und ich
las zu Hause nach, was es in den Vorlesungen an wichtigen
Neuigkeiten gab.
Im Januar war es dann so weit. Neben der Prüfung im Fach
Psychologie war auch die Prüfung in Diagnostik dran. Ich
gebe zu, mir war es sehr flau im Magen, als ich zu dieser
Prüfung fuhr. Hatte ich doch schließlich noch nie an einem

Seminar oder Vorlesung zu diesem Studienfach teilgenommen.

Zur Prüfung war eine komplexe Einschätzung und Analyse eines Schülers mitzubringen. Ich habe mir zu Hause sehr viel Mühe damit gegeben. Da wir zu DDR-Zeiten von einem Kopierer nur träumen konnten, habe ich für die Prüfungskommission die Unterlagen per Ormigverfahren vervielfältigt. Zitternd betrat ich den Raum, nachdem ich aufgerufen wurde. Mir ging es wirklich schlecht, da ich am Abend meinen Anschlusszug in Leipzig verpasst hatte und die halbe Nacht, ehe morgens der erste Zug nach Zwickau fuhr, auf Gleis 5 des Bahnhofs verbrachte.

Nach höflicher Begrüßung vertieften sich die Herren Professoren in meine mitgebrachten Unterlagen. Ich beobachtete gespannt ihre Gesichtszüge und war mir nicht sicher, ob sie eher positiv oder negativ zu deuten waren. Nun ging meine Gegenseite zum Angriff über. „Wir hätten da zu Ihren Ausführungen einige Fragen, Frau Loebe." Und sie fragten. Ich antwortete nach besten Gewissen oder auch gar nicht, wenn ich die Frage nicht beantworten konnte. Anscheinend waren nun auch die Professoren etwas aufgeregt. Sie wischten sich mit den Fingern über die Stirn, griffen sich an die Nase oder zupften am Kinn. Was sie nicht sahen, aber ich: Die Schrift auf meinen Kopien färbten erst ihre Hände und dann nach und nach diverse Gesichtsteile, die sie gerade anfassten in schönem dunklen Blau. Oh Gott! Fast hätte ich meinen konfessionsfreien Standpunkt verlassen. Die Prüfer hatten eine diverse Kriegsbemalung angelegt. Ich wusste nicht, ob ich lachen oder weinen sollte. Durch eine weitere Frage wurde ich aus meinen Gedanken hochgeschreckt. Ich konnte nicht mehr.

Einer der Herren brachte es auf den Punkt: „Frau Loebe, Sie haben ja keine Ahnung?!"

Dem konnte ich nur zustimmen. Zur Verteidigung brachte ich noch hervor: „Wie sollte ich, ich fehlte doch das letzte Semester!" „Waaaas?" Geschäftiges Treiben folgte. Man kramte in den Unterlagen um dann festzustellen, dass ich gar nicht hätte zur Prüfung zugelassen werden dürfen.

100 Punkte für das Erfassen einer konkreten Situation für den Herrn Professor. Ich hatte inzwischen jegliche innere und äußere Haltung verloren. Mir kamen die Tränen und ich sackte in mich zusammen. So lagen Komik (Aussehen der Herren) und Tragik (mein Schicksal) dicht beieinander.

Zum größten Unglück bemerkte nun ein Kommissionsmitglied auch noch, dass alle an Händen und im Gesicht verschmiert waren. Unruhe im Saal. Unter mir schien sich die Erde aufzutun. Oder zumindest wünschte ich mir das kurzzeitig. Ich wurde rausgeschickt. Mein Urteil stand sicher schon fest, bevor ich den Raum verließ. Wozu haben sie noch zu beraten. Ich werde ein Semester an das Grundstudium ranhängen müssen. Ein halbes Jahr Trennung von meinem Mäuschen, welch Elend.

Ich wurde wieder reingerufen und man verkündete mir, dass man mich nie wieder sehen möchte und man schenkte mir eine „4". Bestanden! Unglaublich!

Über die Gründe dieser Entscheidung kann man spekulieren. Dafür hatte ich aber keine Zeit, denn ich wollte den nächsten Zug nach Berlin schaffen ....

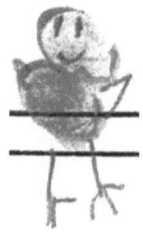

Jetzt sind endlich Ferien

Wir haben sie uns verdient - die Ferien. Endlich sind sie da. Seit einigen Jahren kann man sich nicht dagegen wehren: Man muss zwei Wochen im Oktober Ferien machen und diese sinnvoll füllen. Was für eine schöne Jahreszeit!

Der Herbst ist für uns die schönste Jahreszeit. Da zieht es einen in die Natur und unsere Nachbarn im Wald müssen damit leben, dass wir nach nun mehr acht Wochen harter Arbeit schon wieder auf der Bildfläche erscheinen.
Ich sehne mich nach ausreichend Schlaf, Bewegung an frischer Luft, dem Genießen der Natur und natürlich dem stundenlangen ungestörten Lesen.
Zunächst wurde zu Hause alles im Auto verstaut, was man für so einen Trip braucht. Ein größeres Auto wäre hilfreich, vielleicht ein kleiner LKW. Nicht vergessen wurde das Handwerkszeug, denn am Häuschen soll gebastelt und gebaut werden. Auf dem Weg zum Ferienglück wird noch kurz am Baumarkt angehalten, denn die bestellten Fenster und Jalousien sind eingetroffen. Nachdem wir ca. vier Fuhren mit einem Handwagen vom Parkplatz zum Haus gemacht haben (das Befahren des Waldes ist bei uns verboten), wir alles auspackten, uns einrichteten usw., verging eine ganze Weile. Gegen Abend fielen wir leicht gestresst in die Sessel. Das Wetter ist genial, Anfang Oktober noch 20 Grad Celsius. Gleich morgen werden wir das schöne Wetter nutzen und eine ausgedehnte Radtour machen. Das war mein letzter Gedanke bei der Tagesschau. Wach wurde ich bei den Tagesthemen. Mein Blick zum Ehegatten verriet mir, dass auch er nicht mehr dem Fernsehprogramm lauschte. Nach dem Wecken schlug ich ihm vor, dass wir eigentlich auch ins Bett gehen könnten, wenn wir bereits beide schlafen. Im Liegen ruht es sich doch besser.
Endlich ausschlafen!
Ich schrak an meinem ersten Ferientag heftig auf, denn direkt an meinem Kopfende muss eben ein Schlagbohrer seine

Arbeit begonnen haben. Der Blick auf die Uhr verriet mir, dass es erst 7.15 Uhr ist, und ich hoffte nur zu träumen. Es war aber kein Traum. Der Fäkalienwagen pumpte bereits unsere Grube aus. Den hatte ich ganz vergessen. Ich raffte mir schnell einen Bademantel und erschien dann als Gespenst im Wald, um den passenden Mann zum passenden Wagen zu entlohnen. Ich gab ihm ein Trinkgeld, denn mein Anblick war auch für einen Jauchewagenfahrer nicht zumutbar.

Nachdem dieses „Geschäft" gelaufen war, heizte ich, machte Frühstück, holte die Zeitung. Dies geschieht im Wald immerhin mit dem Fahrrad, denn der Briefkasten ist genau 600m von unserem Haus entfernt. Entsetzt stellte ich fest, dass die Berliner Zeitung auch angekommen ist. Eigentlich müsste man sich darüber freuen. Normaler Weise klappt die Umbestellung an den Zweitwohnsitz nie. Aber ich hatte gestern mit meinem Mann gewettet. Er sagte, dass sie kommt, ich war sicher, dass es wieder nicht klappen wird. Preis der Wette: Das Ausgraben einer elenden Wurzel, die schon angebuddelt wurde, aber keiner wollte sich weiter daran schaffen. Volltreffer! Ich habe die Wette verloren und musste nun ran.

Mein Mann hat inzwischen auch beschlossen aufzustehen. Der Tag konnte beginnen. Beim Frühstück machten wir einen Zehn-Punkteplan für den Tag. Nur herumgammeln gibt es bei uns nicht. Beim Erstellen des Planes haben wir uns nicht durch das wunderbare Wetter ablenken lassen. Erst die Arbeit dann der Lohn. So ging jeder seinen Aufgaben nach. Während mein Mann sich den Bauarbeiten widmete, erledigte ich nur Kleinigkeiten wie: Wurzel ausgraben, noch das einkaufen, was wir am Vortag vergessen haben, die Küche ausräumen, da dort das neue Fenster eingesetzt wurde, Steine für die Kräuterspirale besorgen (die Frau im Baumarkt wollte mir eine Tonne davon verkaufen…), noch mal zum Baumarkt fahren, weil etwas fürs Fenster fehlte, noch einmal zum Baumarkt fahren, weil die neue Aufrollvorrichtung nicht in Ordnung war, dazwischen vergnügtes Weiterbuddeln an der verlorenen Wettenwurzel, Essen im Notquartier kochen...

Mittags machten wir dann eine Radtour, weil in der

Mittagspause darf kein Baulärm gemacht werden. Glück gehabt. Danach komme ich endlich dazu, auf zwei Quadratmetern den Mutterboden auszuheben. Hier sollen später mal meine Kräuter wachsen. Nach dem Aufräumen der Baustelle, konnte die Küche wieder eingeräumt werden. Beim Blick auf die Uhr stellten wir fest, dass es schon 20 Uhr ist. Also Schluss für heute. Morgen ist ja auch noch ein schöner Urlaubstag. Nach dem Duschen und Abendessen machen wir es uns wieder gemütlich. Geweckt durch den Vorspann der Tagesthemen schrecke ich hoch. Mir gegenüber bietet sich der gleiche Anblick wie am Vorabend. Mein schlafender Mann.

Beruhigt lege ich mich zurück. Morgen aber wird endlich ausgeschlafen und dann erholen wir uns.

Ferien sind sooooo schön!

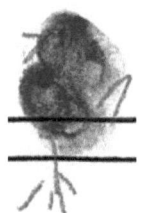

Kulturschock

Der Beginn eines neuen Schuljahres ist immer aufregend. Da kann man noch so lange im Beruf sein. Die Nacht vor dem ersten Schultag kann man vergessen. Viel Schlaf ist nicht drin. Die Gedanken kreisen: Habe ich an alles gedacht? Was ist am Wichtigsten und muss gleich erledigt werden? Was für Schüler werde ich bekommen? usw.
Und da stand ich nun vor meiner neuen Klasse.
22 neugierige Gesichter starrten mich an. Jetzt nur nichts falsch machen, denn der erste Eindruck entscheidet über das ganze Jahr. Unter den neuen Schülern, so erfuhr ich aus den Schülerakten, befinden sich auch drei Schüler, die mit dem Lernen und Verhalten Probleme haben. Sie sollen integriert werden. Schwere Aufgabe. Man weiß nie, wann die Probleme auftreten werden und wann die Ausraster auf dem Tagesplan stehen. Behutsam nimmt man mit ihnen Kontakt auf und trotzdem behandelt man sie wie jeden anderen auch. Die Probleme lassen nicht lange auf sich warten. Die ersten Beschwerden kommen schon am zweiten Tag von den Fachlehrern.
Jeder guter Pädagoge weiß wie wichtig es ist, diesen schwierigen Kindern viele Erfolgserlebnisse zu bescheren. Da nutzt man jeden Strohhalm, der sich im Alltag bietet.
Ein solcher schien sich mir am Montagmorgen zu zeigen und ich griff danach und ging unter.

Im Sachunterricht der vierten Klasse geht es vorrangig um die Geschichte und Gegenwart von Berlin. Es ist immer wieder erstaunlich, wie wenig die Kinder ihre Heimatstadt kennen. So mancher war mehrmals in Spanien, aber noch nie am Alexanderplatz. Fährt man anlässlich eines Wandertages mal durch den Nachbarbezirk, so staunen die Kinder, dass man hier auch Sehenswürdigkeiten entdecken kann. Daher gibt sich oben genannte Kollegin besondere Mühe, die Stadt gemeinsam mit ihren Kindern zu erforschen.

Heute geht es um bekannte Sehenswürdigkeiten. Zur besseren Veranschaulichung hat sie Bilder mit Gebäuden darauf an der Tafel aufgehängt.

Gespannt stellt sie die Frage: „Wer von euch erkennt ein Gebäude, oder war sogar schon einmal da und was habt ihr da gemacht?" Klare Fragen, klare Antwort:

Jan, ein eher unscheinbarer Schüler aus einfachem Elternhaus, meldet sich sofort ganz aufgeregt: „Das da, das da" und zeigt auf die Philharmonie, " da war ich schon mal." Die Lehrerbrust schwillt bei so viel Erfolg sofort an und natürlich wird gleich nachgehakt:

„Toll, was hast du denn da gemacht?" In Gedanken überlegt die Lehrerin bereits, wie sie gleich auf die Deutsche Oper und die Staatsoper überleiten kann, Berlin als kulturelles Zentrum…

Jan: "Ich war da auf dem Klo!"

Betretene Ruhe. Die Kollegin Sachkundelehrerin brauchte einen Moment, um die Worte wieder zu finden. Noch ehe sie reagieren kann, kommt ein anderer Schüler zu Hilfe:

"Vielleicht haben ihm die Kacheln dort so gefallen."

Ein lieb gemeinter Rettungsversuch, aber der Lehrerin war nicht mehr zu helfen.

Lesenachtpremiere

Was tut man nicht alles, um den Schülern, den Kollegen und der Schulleitung eine Freude zu machen. Seit Jahren geistert eine Idee durch die heiligen Flure unserer Schule. Die Idee heißt: Wir führen eine Lesenacht durch. Da ich bei uns an der Schule für alle Medien des Freizeitbereiches verantwortlich bin und auch sonst nicht sehr ausgelastet wirke, wurde schon seit dem Erscheinen des ersten Harry Potter Bandes 1998 der Gedanke und die Bitte an mich herangetragen, eine solche Lesenacht in Angriff zu nehmen.

Da schon bald der vierte Potterband erscheint, meinte ich, dass nun doch der Zeitpunkt für diesen kulturellen Höhepunkt gekommen sei. Das erste Mal soll etwas Besonderes sein. Daher wählte ich das Thema „Geschichten mit und über Geister" aus. Das Schlafen in der Schule fand ich gruselig genug. Für die Kinder sollte aber auch ein literarischer Aspekt mit hinzukommen.

Noch nie hatte ich mit echten Geistern zu tun (nur mit Phantomen: meist Sesselbeamten, die man über Wochen versucht telefonisch zu erreichen, aber die man nie zu sprechen bekommt), also musste ich mir nun Gedanken über alles Organisatorische und Inhaltliche machen.

Das war im Prinzip ganz einfach.

So nahm ich erst einmal Kontakt mit einer Bücherei auf. Diese führt auch Lesenächte durch, aber z. Z. gerade nicht, da die Gewerkschaft dem Ganzen einen Riegel vorgeschoben hat. Die geleisteten Überstunden können vom Personal nicht abgebummelt werden. Mein Hoffnungsschimmer, die Veranstaltung mit fremder Hilfe durchzuführen, war dahin. Mit dem Abbummeln der Überstunden haben wir Lehrer ja keine Probleme. Wir nehmen die paar Stunden mehr gern auf unsere breiten Schultern und stehen nächsten Tag dann trotzdem unseren „Mann".

Ganz mit leeren Händen bin ich dann aber nicht aus der Bücherei gegangen. Ich bekam noch 9 Bücher(!) und 6 Hörspielkassetten(!) zum Thema mit. Super! So war das nächste Wochenende gerettet. Ich zog mir alles rein. Endlich wusste ich, was man vorlesen kann und es gab auch Anregungen für Spiele etc. Geträumt habe ich an diesem Wochenende von Vampiren und Hexen.

Nach einer Sitzung und Beratungen mit den Kollegen, die mit mir gemeinsam die Lesenacht durchführen wollten, konnte der Elternbrief entworfen werden. Fassung Nummer 3 erschien uns dann geeignet.

Jetzt konnte ich endlich die Konzeption bei der Schulleitung einreichen. An alles war gedacht – dachten wir. Da dachten wir aber falsch. Zum Glück bekamen wir noch die Hinweise mit dem Hausmeister zu sprechen, die Polizei zu informieren, die Erzieherinnen einzubeziehen, Belehrungen durchzuführen, Raumfragen zu klären und ...

Das erledigte ich alles in der folgenden Woche und langsam kam gute Stimmung auf. Die Veranstaltung nahm Form an. Ich freute mich auf den kommenden Mittwoch. Voller Begeisterung fuhr ich zum Großhandel und kaufte einen Harry-Potter-Lesehut, Massen von Gummitieren und Gruselgags, wie Augäpfel aus Schokolade. Tee zum Frühstück fiel auch noch ab. Da man von diesen Dingen auch nicht leben kann, wurden noch Berge von Brötchen bestellt. Immerhin werden 50 Schüler sich nicht nur gruseln, schlafen, sondern auch zu Abend essen und frühstücken.

Endlich ist der Tag gekommen. Ich ziehe meine sieben Stunden Unterricht durch und bereite dann die Mediothek vor. Hier soll der Leseteil für die 2. und 6. Klasse stattfinden. Schön ausgeschmückt und gut vorbereitet geht es am Abend los.

Um 18 Uhr waren alle eingeladen, aber schon ab 17 Uhr standen einige Eltern mit Salatschüssel fürs Buffet, Bettzeug und Kind vor dem Schultor. So nimmt das Chaos seinen Lauf. Die Eltern kamen mit sehr viel Gepäck. Ich hatte Angst, dass die Eltern vielleicht etwas falsch verstanden hätten und sie glaubten, dass wir mit den Kindern für Ewigkeiten auswandern. Nach Anfrage stellte sich aber heraus, dass wirklich alle mitgebrachten Sachen nur für eine Nacht gebraucht werden und in Vorfreude, mal einen Abend sturmfrei zu haben, strömen sie an mir vorüber. Von mir aus. Sollen sie nur das Gepäck bringen, Platz haben wir ja in der Schule genug und den freien Abend gönnen wir ihnen auch. Aber eilig hatten die Eltern es beim Verlassen der Schule nicht. So musste ich mit einer kleinen Notlüge die Schule räumen lassen. Es erfolgte eine Durchsage über den Schulfunk, dass in Kürze die Alarmanlage der Schule angestellt wird und dann kein Verlassen der Schule mehr möglich sei. Das half. Fluchtartig verließen die Erzeuger das Schulhaus. Eine Nacht mit uns und den vielen Kindern zu verbringen, erschien ihnen nicht sehr reizvoll. Ich kann gar nicht verstehen warum?!

Nachdem Kinder, Essen und Schlafsachen ihren richtigen Platz gefunden hatten, war eine Erzieherin entnervt, ein Kind weinte, weil es nach Hause wollte (konnte ich gut nachvollziehen) und ich war vom vielen Treppauf und –ab körperlich leicht geschafft.

Unser Hausmeister hatte vorausschauend die Aula umgeräumt (dachte ich jedenfalls, aber das haben wir Kollegen dann in 20 Minuten mit ein paar Schweißtropfen auch selber geschafft). Wir aßen gemütlich die liebevoll mitgebrachten Salate, Frühlingsrollen, Würstchen, belegte Brote, alles was das Buffet hergab. Dem vorhergegangen war eine Übung zur Stärkung der Merkfähigkeit. Ich bat um Gehör, was bei 50 aufgeregten Kindern in einer Aula gar nicht so leicht war. Nach etwa 10 Minuten merkten sie, dass ich etwas loswerden wollte. Alle nahmen die Gabel in die rechte Hand und prägten sich ein, wie sie aussieht. Das Gleiche machten wir dann noch mit dem Messer und den Löffeln. Was hier bescheuert klingt, war aber sehr notwendig. Denn nun wuschen fleißige Helfer ab, damit zum Frühstück das Besteck wieder sauber ist. Die Kinder mussten ihr Besteck wiedererkennen. Was soll ich sagen? Wir müssen wohl an der Merkfähigkeit noch arbeiten ....

Endlich kam der Höhepunkt. Die Kinder der zweiten Klasse durften in der Mediothek erscheinen. Was sie nicht wussten, drei Kinder aus der 6. Klasse hatten sich bereits im Raum in Position gebracht und warteten auf ihren Einsatz zum

Spuken. Meine Süßen nahmen auf der Erde Platz. Überall leuchteten Kerzen (aber nicht weitersagen, denn das dürfen wir in der Schule natürlich nicht) und ich erzeugte mit Musik Stimmung und Gruselatmosphäre. Leider etwas zu doll, glaube ich. Die Gruselmusik, den Augapfel aus der Tastkiste, alles hatten sie ganz gut verkraftet. Aber auf mein Stichwort „Jetzt" flogen (nach meinen Instruktionen zum Glück lautlos) die drei Geister durch den Raum und dann an der offenen Tür vorbei. Was soll ich sagen? Der Erfolg war grandios bis skandalös. Während die Gruselfilmerprobten sich halb totlachten, weinte der Rest der Kinder und klammerten sich zitternd an die liebe Klassenlehrerin. Keine 15 Minuten später ging es allen wieder besser, aber nur, weil ich vorsorglich Antigespenstersachen mitgebracht hatte. Dazu gehörte ein überfahrener Regenwurm (Gummitierband) und der Knoblauchstempel (eine Knoblauchknolle, die man ins Stempelkissen drückt und dann damit stempelt). Nun waren wir in der richtigen Stimmung und es konnte gelesen werden. Nur ein Mädchen weinte noch immer, das selbe wie beim Abendessen (am weinenden Zustand änderte sich bis zum nächsten Tag nichts). Ein Wissensquiz sollte beweisen, ob alle gut zugehört haben. Hatten sie. Zur Belohnung gab es die vielen Gummitiere, die ich gekauft hatte. Gebrochen hat zum Glück niemand.

Das Duschen und Schlafengehen ging ohne große Zwischenfälle vorüber. Alle durften vor dem Hinlegen noch als Betthupferle zum Fotografieren kommen. Manche wollten auch noch einen Stempel auf die andere Hand bekommen, man weiß ja schließlich nie so genau ... .

Ich versorgte inzwischen eines der Gespenster, das gegen die Glastür gelaufen war. Die Augenschlitze im Bettlaken waren verrutscht und behinderten die schnelle Suche des Fluchtweges. Die Gespenster sind auch nicht mehr das, was sie mal waren.

Nun kam die zweite Runde im literarischen Programm - die 6. Klasse. Die ließen sich leider nicht so schnell einschüchtern und riskierten eine ganz schön große Lippe. Sie wussten Dinge, von denen ich noch nie gehört habe. Auf meine

Nachfrage musste ich mir sagen lassen: " Na, haben Sie noch nie die Serie ... und den Film ... gesehen?" Ich werde mich in der Bücherei beschweren, dass ich die falschen Bücher und Hinweise für dieses Altersgruppe bekommen habe.

Es war trotzdem sehr gemütlich. Wir lasen auch aus meinen „Kinder"-Büchern vor und ein bisschen gruselig war es dann doch. Es kamen nämlich einige den Stempel abholen. Ich hatte ihn nur erwähnt, da ich mich nicht bei den Großen blamieren wollte. Daher hatte ich einen „Schutz" für die Nacht gar nicht angeboten. Für einen kam aber alle Hilfe zu spät. Er war bereits nach kurzer Zeit in ungruseligen Sphären verschwunden und schlief auf seinem Stuhl schon zum Beginn des Vorlesens. Vielleicht hatte er auch sieben Stunden Unterricht an diesem Tag. Wir weckten ihn und er war dann noch sehr nachtaktiv.

Auch die Sechsklässler durften zum Fotografieren kommen. Aus pubertierenden Halbwüchsigen wurden im Schlafanzug harmlose Bettgestalten. Paula ist eine, die nicht auf den Mund gefallen ist. Sie war die Letzte beim Knipsen. Gerade gegangen, stand sie wieder in der Tür. „Ganz schön dunkel im Treppenhaus." „Ja, Paula pass gut auf, wenn du hoch läufst." Kleinlaut antwortet sie: "Da sind auch so kleine rote Lichter..." Schon gut. Problem erkannt. Wir gingen den schweren, dunklen Weg gemeinsam. Heldenhaft!

Langsam wurde es Nacht. Mit meinen Mitstreitern rauchte ich einige Beruhigungszigaretten und trank ein paar Gläser Wein. Obwohl Rotwein bei mir immer beruhigend wirkt, scheint das an diesem Abend nicht der Fall zu sein. Auch auf dem Flur wollte keine Ruhe eintreten. Einer musste immer pipi. Da wir Bewegungsmelder in den Fluren haben, geht also bei jedem kleinen Bettgespenst, das unterwegs ist, das Licht an. Wir tranken noch ein paar Gläser Wein. Abwechselnd ging immer einer im Jungenzimmer der Sechsten drohen. Zum Glück schliefen wenigstens die Kleinen schon bald ein.

Irgendwann ging auch ich mein Bett suchen. Die Jungen hatten es im Flur hingelegt. Mein Bett bestand aus einer Sportmatte. In der Breite zu schmal und trotz meiner geringen Körpergröße in der Länge zu kurz. Das war egal,

denn es sollte eine kurze Nacht werden. Auch meine Kolleginnen hatten es sich auf dem Flur bequem gemacht. Eine schlief unter Palmen (große Grünpflanze im Hausflur), eine andere schnarchte in meiner Nähe im Schlafsack. Bei mir wirkte der Rotwein, aber nicht in gewünschter Form. Die ständig über mir leuchtende Lampe wollte trotz Bewegungsmelder auch nicht ausgehen. Eine halbe Stunde gab ich ihr noch. Sie siegte. Ich nahm meine Schlafsachen und zog in ein Nebengelass, aber an Schlafen war nicht zu denken. Jedes Geräusch verfolgte ich genau, meist waren es Toilettengänger. Es war bereits 2.15 Uhr und ich lauschte auf die laut tickende Uhr neben mir. Wieder eine Minute, noch eine, noch eine...tick ... tick ... Um 5 Uhr stand ich auf. Ich wollte den ersten Mitarbeitern der Schule nicht im Nachthemd begegnen. Ich hätte jetzt ein gutes Gespenst ohne Verkleidung abgegeben. Nach der Kopfschmerztablette ging es mir besser. Ich setzte Kaffee an, denn das schien mir eine lebenserhaltende Maßnahme zu sein. Nach und nach kam wieder Leben ins Haus. Die Reinigungskräfte kamen, die Sekretärin und die Chefin. Fürsorge tat jetzt gut. Alle fragten wie es war und es gab eine Menge Schönes zu erzählen. Unsere kleinen Geister sahen auch alle sehr müde aus, aber sie freuten sich über die Erlebnisse des Vorabends und halfen das Frühstück zu machen. Paul war der Erste, der seine Mutti traf, da sie an unserer Schule arbeitet, und rief: „Mutti, Mutti, es war ganz toll. Ich habe nur eine Stunde geschlafen."
Ich beguckte das Matschauge meines Gespenstes. Die taubeneigroße Beule war nun nur noch hühnereigroß und ich machte eine Unfallmeldung im Sekretariat.
Einzige Bemerkung einer Kollegin: „Ach, Sie hatten heute Nacht einen Unfall?"
Danke der Nachfrage. Dem Gespenst und mir geht es gut ... .
Nach gemütlichem Frühstück wurde aufgeräumt und nun belohnten wir uns mit einem tollen Video. So kann man auch einen Schultag nach einer Lesenacht überstehen. Nach der dritten Stunde war für alle Schluss, da die Herbstferien begannen.

Bemerkung am Rande:
Ich machte die Abrechnung und stellte fest, dass zu wenig
Geld eingesammelt wurde, denn die vier verknipsten Filme
müssen bezahlt und entwickelt werden. Aber kein Problem.
für so ein so schönes Erlebnis gibt man notfalls auch sein
letztes Hemd.

Nachbemerkung:
Ich begann meine Ferien mit intensiven Schlafübungen. Nach
zwei Tagen war ich auch wieder für meine Familie da.
Jetzt freue ich mich auf den nächsten Herbst, da machen wir
wieder eine Lesenacht an unserer Schule. Ich weiß schon, wer
das nächste Nachtgespenst sein wird, eine Kollegin ...

Noch ein Nachtrag:
Inzwischen ist es eine Tradition geworden, in jedem Schuljahr
eine Lesenacht durchzuführen. Ich habe eine gewisse Routine
entwickelt und alles klappt super. Der Spaß und Dank ist
immer auf Seiten der Schüler. Auch wir Kollegen kommen
nicht zu kurz. Die schönen gemeinsam durchlebten Nächte
sind immer Gesprächsthema. So schlimm kann es nicht sein,
denn schon wird die nächste Lesenacht geplant ...

Mathearbeit an einer Hauptschule

Kevin war wieder gar nicht gut drauf. Sicher lag es nicht nur daran, dass heute die erste
Mathematikarbeit des Schuljahres anliegt. Neue Schule, neue Klasse, neue Lehrer. Da kann man schon mal schlecht drauf sein. Oder?
Nachdem die Lehrerin die Aufgaben der Arbeit herausgegeben und erläutert hat, begannen die Schüler mit mehr oder weniger Erfolg zu knobeln und lösen.
Kevin nicht. Als Beobachter fragt man sich: „Warum nicht?" Auch auf Nachfragen gab es keine Erklärungen von seiner Seite. Gut zureden half auch nicht.
Wenn man nun so alleine eine Schulstunde ohne Unterhaltung verbringen muss, kommt es schon mal vor, dass man auf dumme Ideen kommt.
Erste Idee: Der Aufgabenzettel wird verunstaltet. Damit kann man dem Lehrer zeigen, was man von seinen Aufgaben hält und sich künstlerisch betätigen. Um Eindruck in der näherem Umgebung zu erzeugen, arbeitet er mit dem ganzen Körper und sehr großflächig. Sollte der Betätigungsumkreis nicht ausreichen, kommt Idee Nummer 2: Zeitung lesen. Als interessierter Mensch zeigt er in der 7. Klasse, dass er lesen und die Zeit so gut überbrücken kann. Damit auch die anderen Mitschüler die wertvollen Nachrichten aus der „BILD" erfahren, kommt Idee Nummer 3: Zettelchen reißen und die Zeitung in Form von Klümpchen weiterreichen, oder besser werfen, damit auch die Fensterreihe was abbekommt. Gestört durch Ermahnungen der Lehrerin, entstehen leider ein paar schöpferische Pausen, aber dann geht der Spaß weiter. Irgendwann ist auch das langweilig und die Stunde ist noch nicht ganz um. Die Arbeiten werden gerade eingesammelt, Zeit zum Showdown. Dazu steigt Kevin auf einen Stuhl und nimmt seinen dicken Filzer mit. Der Raum ist frisch renoviert, damit die neue 7. Klasse eine gute Arbeitsatmosphäre vorfindet. Auf Muster hat man verzichtet, aber nun ist ja Kevin da. Er setzt zum ersten Strich an, da

wird er unsanft vom Stuhl gezerrt und auf den Flur befördert. Pausenklingeln. Ungünstigerweise kommt in diesem Moment die Schulleiterin vorbei und nimmt den Störenfried gleich mit. Im Bürobereich und zur allgemeinen Beruhigung der Lage, darf Kevin erst einmal allein in einem Kämmerlein zu sich kommen und sich von seinen Aktivitäten erholen. Ideen hat er keine mehr so richtig und wenn das Publikum fehlt, macht es auch keinen Spaß. So sucht er neuen Kontakt zur Außenwelt. Wozu hat er ein Handy. Er ruft, na klar, seine Schule an. Er hofft auf ein Gespräch mit der Sekretärin. Aber diese telefoniert auch. Besetzt. Endlich kann er sie erreichen. Seine wichtige Botschaft an sie:
„An dieser Schule sind wir alle fehl am Platz!"
Ob er damit so daneben liegt?

Nervensäge

Auch zu DDR-Zeiten gab es schwierige Kinder!
Für den stellvertretenden Schulleiter war es wieder ein Tag
wie jeder andere. Viel Arbeit, Hektik und ein voller
Schreibtisch.
Zu allem Übel erschien vor fünf Minuten Frau Meier (großes
M und kleine Eier) und brachte ihren Lieblingsschüler. So
eine kleine Frau hat es schwer, ein starker Mann ist doch viel
autoritärer. Oliver will heute so gar nicht am Programm der 4.
Klasse teilnehmen. Arme Kollegin. Also her mit ihm und nun
sitzt er ganz brav vor der Stundentafel der Schule. Die vielen
kleinen Plättchen, die so bunt und durcheinander an der
Wand hängen, faszinieren ihn.
Gebannt guckt er auf das Muster, das anscheinend sehr
beruhigend auf ihn wirkt. Vielleicht ist er auch einfach nur
froh, nicht mehr am Unterricht teilnehmen zu müssen. Leider
wird seine Harmonie gestört, denn auch ein stellvertretender
Direktor muss mal in den Unterricht und sein Zimmer
verlassen. Wohin mit Oliver?
Da hat der Aufpasser eine Idee: Eine Kollegin aus der
Oberstufe kommt sicher auch mit diesem Racker klar. Blick
auf den Stundenplan: 10. Klasse, Mathematik, Raum 202.
Beide gehen auf Wanderschaft in die 2. Etage, Tür auf, kurze
Erklärung und Oliver darf in der letzten Reihe Platz nehmen.
Der findet diese Idee einfach mal blöd und demonstriert seine
Meinung dazu, indem er seinen mitgebrachten Ranzen quer
durch den Raum wirft und sich unter der Bank platziert. Aber
nicht leise, sondern laut schreiend. Das mag aber auch die
nette Kollegin nicht und der Lehrer muss seinen adoptierten
Zögling wieder mitnehmen. Aber genau das gestaltet sich sehr
schwierig. Gerade hat Oliver beschlossen, nun doch in der
neuen Klasse bleiben zu wollen. Alle Aufforderungen, ob
freundlich, humorvoll oder fordernd, waren umsonst. Oliver
blieb wo er war. Nur ein Mann war jetzt in der Lage, die
Situation zu meistern. Der Störenfried wird an Beinen und am
Nacken gefasst und so zur Tür getragen. Aber zum Öffnen

der Tür ist nun keine Hand mehr frei. Also wird akrobatisch die Hand vom Nacken gelöst und die Tür aufgemacht. Da der Kopf nach unten hängt, entdeckt Oliver seinen Urinstinkt: Er beißt zu und zwar direkt in die Wade seines Peinigers.
Belohnt wurde der Beißer mit einem Schups und landete so auf dem Flur.
Der Schups war wohl etwas heftig. Die Nase blutete und der Schüler schreit nun noch lauter.
Die allgemeine Öffentlichkeit nimmt ungewollt Anteil an seinem Schicksal.

Wie man sich denken kann, hatte für alle Beteiligten dieser aufregende Vormittag noch ein Nachspiel ...
Zur Beruhigung: Dem Schüler geht es gesundheitlich sehr gut. Er hat keine Spätfolgen erlitten. Dem Lehrer geht es auch gut. Er ist inzwischen pensioniert und hat auch heute noch einen guten Kontakt zu seinen ehemaligen Schülern.

Achtung! Liebe Lehrer! Nicht zum Nachmachen empfohlen!

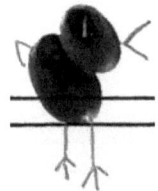

O_{tto}

Otto find ich gut… Frau Berger auch. Sie ist eine ottonormale Lehrerin an unserer Schule.

Bereits kurz nachdem uns der goldene Westen gezeigt hat, was man in einer Konsumgesellschaft alles kaufen kann, sogar über Katalog, war sie dabei. Getrieben durch Existenzangst schaffte sie sich ein zweites Standbein. Alle Angebote von Versicherungsunternehmern, Diätketten und Avonvertretern ließen sie kalt. Ihr Herz schlug sofort für OTTO.

Zunächst begann alles ganz harmlos. Für den Hausgebrauch bestellte sie so dies und jenes. Sie warb Bekannte und Freunde und es dauerte gar nicht allzu lange, da bekam sie das Angebot als Sammelbestellerin ihre Vorteile zu nutzen. Auch Nachbarn, Bekannte und Kollegen bestellten nun bei ihr. So wird es für alle billiger: Sie erhält eine kleine Provision und der Kunde erspart sich den Weg zur Post und den Aufpreis der Lieferung.

Da sie als Lehrerin gewohnt ist alles zu geben, florierte auch bald das Geschäft mit den Kollegen und mit Otto. Als nicht schlecht verdienende Volksschar bestellte dieser und jener, jener und dieser, mal hier, mal da und Weihnachten steht ja auch schon wieder vor der Tür. Statt Werbung für Schulbücher und Lehrmittel liegen bei uns die Kataloge von Otto: der dicke Hauptkatalog, der Heimwerkerkatalog, der Sportkatalog, der Gartenkatalog, der Kindermodenkatalog, der Küchenkatalog, der ….

Otto bekam durch unsere Kollegin eine klare Gestalt. Diese wollte nicht nur alle glücklich machen, indem sie die geheimsten Wünsche schnell realisierte, sondern sie wollte auch mit Rat und Tat zur Seite stehen. Wer kennt das nicht? Mein Schwager hat Geburtstag. Was kann man ihm schenken? Preiswert soll es auch sein. Frau „Otto" weiß Rat. Bei ihr gibt es alles. Auch so mancher Kollege will sich die lästigen Aufenthalte in diversen Kaufhäusern ersparen und fragt einfach nach, was bei Otto weg muss und worüber sich auch seine Frau freuen könnte.

So gehen Jacken, Strumpfhosen, Wunderpillen, Gürtel, Taschen, Lampen, Schuhe, Bälle und vieles mehr über den Laden ... nein, nein, Lehrertisch. Kommt man morgens als Muffel und gestresstes Elternteil (auch Lehrer haben Kinder) ins Lehrerzimmer, steigt doch sofort die Freude auf den Tag, wenn diese kleinen Päckchen und auch großen Pakete auf den Plätzen liegen. Allesamt mit den großen Lettern OTTO versehen. ER war wieder da. ER hat wieder unsere Wünsche erfüllt. Verheißungsvoll werden die Klassenarbeiten beiseite geworfen, vorbei ist die Angst vorm Vertretungsbuch. Jetzt wird erstmal ausgepackt (daher die Formulierung: Aufreißen wie ein Westpaket.) und die Hose angehalten, manchmal auch die Bluse anprobiert. Wie bei Kindern glänzen die Augen, wenn man endlich wieder etwas Neues zum Spielen oder Anziehen hat oder noch in letzter Minute ein einigermaßen nettes Geschenk erhascht hat.

Anstatt den pädagogischen Alltag zu besprechen, ist man nun dabei, die Tüten auf und zuzumachen und Ratschläge zur Passform etc. auszutauschen. Leider wird man viel zu oft vom Klingelzeichen unterbrochen.

Aber es gibt ja auch große Pausen. Heute wollte Kollege Kroll etwas für seine Frau bestellen. Es soll eine Überraschung werden. Angeregt durch diverse Dessous, die seine Kolleginnen gestern aus kleineren Tütchen zogen. Er hat es genau beobachtet, nahm nun seinen Mut zusammen und sprach Frau „Otto" an. „Äh, ich weiß nicht, aber ich habe da so eine Idee... äh, haben Sie auch was für etwas stämmigere Frauen?", fragte er flüsternd. Wahrscheinlich ist er ein richtiger Mann. Er hatte noch nie einen Katalog in der Hand. Aber dafür ist ja unsere Kollegin da. „Klar. Welche Größe hat denn Ihre Frau?", antwortete Frau „Otto" in gewohnt lauter Lehrerstimme. Einige Kolleginnen guckten bereits vom neuen Spezialkatalog für Sportartikel hoch. Etwas weggedreht von den Zuschauern haucht er: „Ich weiß nicht recht ...". „Kein Problem. Hat Ihre Frau etwa meine Figur? So eine 44/46, oben ...", an dieser Stelle des Beratungsgespräches griff sie sich mit beiden Händen an ihren üppigen Busen, ließ ihn wippen und sprach weiter: „Oben eher eine 95 D?"

Zum Antworten kam der verlegende, kaufbereite Herr Kollege nicht, denn die Schamesröte hatte sich auf sein Gesicht gelegt und alle Zahlen bezüglich irgendwelcher Größen waren aus seinem Gedächtnis endgültig verschwunden.

Dafür wussten aber seine Mit-Otto-Käufer nun über die Maße seiner Frau Bescheid. Ist ja auch nicht so schlimm. Man ist ja unter sich …

Nun sind alle gespannt wie es wird, wenn eines Tages morgens auf dem Platz von Herrn Kroll ein Päckchen (bei Zirkuszelten 95 D ist es wohl eher ein Paket) liegt. Wird er es auspacken und den Inhalt zeigen, bevor es in sein mitgebrachtes Körbchen verstaut, in dem er täglich das liebevoll gepackte Frühstück in Tupperdosen mitbringt. Auspacken, ach bitte doch. Oder wenigstens von der letzten Tupperfete erzählen…

Am Arbeitsplatz kann es doch so schön sein! Nur an den Sitzplätzen der männlichen Kollegen muss noch gearbeitet werden. Sie sind oft noch viel zu leer …

Österreich

Endlich große Ferien. Endlos lange sechseinhalb Wochen
Ferien liegen vor uns. Wie immer haben wir sie uns hart
erarbeitet und sehnsüchtig erwartet. Nun werden die
Schulsachen in die letzte Ecke des Schreibtisches verbannt,
die Schultasche tief im Schrank versteckt und der ohnehin
nicht mehr gültige Lehrerkalender in irgend ein unwichtiges
Fach des Regals abgelegt. Abschalten ist angesagt. Ich drücke
den roten Alarmhebel in meinem Gehirn auf „STOPP" und
schalte die Abteilung „Schule" ab. Ich muss morgens nicht
nach dem Wecker aufstehen, ich habe keine
Stundenvorbereitungen zu machen, es gibt keine
Versammlungstermine und es liegen keine Korrekturen mehr
auf dem Schreibtisch. Endlich!
Ruhe! Ausschlafen! Lesen! Ferien! Große Freude!

Noch vor wenigen Stunden lief ich auf Hochtouren beim
Abarbeiten von Terminen, jetzt habe ich nur noch einen
Gedanken: Urlaub – Kofferpacken. Diese durchaus wichtige
Tätigkeit erfordert meine gesamte Konzentration.
Wie schon in den vergangenen Jahren fahren wir nach
Österreich. Erst mit dem Auto hin und dann durch und auf
die Berge mit unseren Fahrrädern. Auch wie jedes Jahr haben
wir uns eine Ferienwohnung ausgesucht, die in herrlicher
Lage und abgeschieden liegt. In den vergangenen Jahren hat
sich ein ausgesprochenes Ruhebedürfnis ausgeprägt. Dem
kann man sich fügen.
Endlich sind wir da und werden wie immer liebevoll von den
Bewohnern des Bergvolkes begrüßt. Ein Mann im besten
Alter führt uns in das von uns ausgesuchte Urlaubsdomizil
und auch wie jedes Jahr folgt spontan die Einladung zum
Kaffeetrinken. Da sitzen wir nun bei herrlichem
Sonnenschein und warmen Temperaturen in traumhafter
Umgebung. Unser Mitleid mit den Berlinern, die zur selben
Zeit frierend dem Regen zuschauen, hält sich in Grenzen. Für
einen klitzekleinen Moment musste ich an meine

Fremdgehzeit als Erdkundelehrerin denken. Die Alpen als Wetterscheide in Europa! Bei einem netten Plausch über so wichtige Dinge wie der Ablauf unserer Herfahrt, dem Wetter und einiger organisatorischer Dinge, die zu beachten sind, passierte, was passieren musste. Unser Gastgeber outet sich als Lehrer. Womit habe ich dass verdient? Der Schritt zur Bekanntmachung, dass mein Mann und ich auch dieser Berufsgruppe angehören, war ganz kurz. Nachdem das nun alles geklärt war, gab es Gesprächsstoff ohne Ende. Lehrer unter sich. Ich fragte mich, ob man extra 800 Kilometer Autobahn fahren muss, um sich über schulische Belange zu unterhalten. Interessant wurde es dann aber doch noch. In unserem Nachbarland ticken die Uhren in der Bildung etwas anders. Die Lehrer haben neun Wochen Sommerferien, Klassenlehrertätigkeit (Klassenvorstand) wird zusätzlich bezahlt, der Pflichtstundensatz liegt bei 21! Wochenstunden usw. Sehr interessant! Natürlich kommen wir auch auf politische Fragen zu sprechen. So werden wir gefragt, ob wir von „drüben" kommen! Berlin ist im Ausland eben nicht gleich Berlin. Da hilft auch das Autokennzeichen nicht weiter. Das „B" kann alles bedeuten: Charlottenburg, Neukölln, Lichterade oder Lichtenberg? Nachdem wir geklärt haben, was er unter „drüben" versteht (nicht das Gleiche wie wir früher, für mich ist drüben = Osten), ist auch klar, dass wir aus genau diesem Osten kommen. Das wirft bei unserem Gastgeber eine Menge Fragen auf. Konnte man sich im Lehrerzimmer einfach so unterhalten, oder hörte die Stasi immer mit? Warum stellte man nicht einfach mehr Trabis her, damit die Lieferzeit sich verkürzte (frage ich mich auch)? Warum haben die Leute so zeitig geheiratet und gleich Kinder bekommen? Waren die jungen Muttis nicht Rabenmütter, da sie gleich nach der Geburt wieder arbeiten gingen u.v.a.m. In diesem Moment kommt man nicht aus dem Nachbarland, sondern eher aus einer anderen Welt zu Besuch.

In der Nacht darauf träumte ich von meinem neuen Stundenplan. Und das mitten in den Ferien. Es war ein

Albtraum. Im Plan war der Montag mein kurzer Tag und das am Versammlungstag. Dafür waren die anderen Tage immer volles Rohr, mit Freistunden.

(Nachtrag: Träume sind leider nicht immer nur Schäume... / Oktober 2004). Der längste Tag im Wochenplan war der Freitag ... Schweißgebadet schreckte ich in der Nacht hoch. Entsetzt vom Plan und von mir, nahm ich mir vor, mich vor allen Schuldiskussionen fern zu halten. Das klappte aber nicht lange, denn in Tirol ist die letzte Schulwoche und man trifft auf Schritt und Tritt Schulklassen. Kindern gehört meine ganze Liebe, aber nicht im Urlaub. Da hasse ich sie. Sie sind laut, treten immer in Horden auf und machen ständig Unsinn. Ich möchte dann automatisch eingreifen und beobachte sie genau. So geschehen im Ötzidorf.

Für die Region, in der wir wohnten, hat man eine neue Einnahmequelle gefunden. Wenn schon so ein alter Typ wie Ötzi im Eis gefunden wird, muss man auch was davon haben ... Natürlich wurde er von einem deutschen Ehepaar gefunden. Wo die aber auch rumkrauchten, da geht normaler Weise keiner wandern, deshalb findet man leider auch so selten alte Jungzeitmänner. Also wenn schon einer gefunden wird, dann muss das auch richtig ausgeschlachtet werden. Leider mussten die Österreicher Ötzi den Italienern wiedergeben. Nach jahrelangen Streit wurde der sensationelle Fund nach dem entsprechenden Fundort festgemacht. Er lag nun mal auf italienischer Seite, daher gehört er den Italiener, auch wenn die deutschen Finder gerade in Österreich Urlaub machten und den Fund auch dort meldeten. Ist ja auch nicht so einfach. Ötzidorf liegt auch nicht in Ötz-Dorf, aber im Ötztal. Nämlich in Umhausen, also in Österreich. Für Hobbyarchäologen hat man dort ein Jungsteinzeitdorf entstehen lassen. Ein kleines Disneyland für Geschichtslehrer und unwissende Touristen. Ich fühlte mich sofort wohl (obwohl ich mich nicht als Touri bezeichnen möchte) und durchlief alle wichtigen Stationen des erbauten Museumsdorfes, bewappnet mit Kamera und Fotoapparat. Ich wollte alles für die Schüler festhalten. Natürlich stattete ich mich mit einem Guide aus, der mir alles erklärte, was ich natürlich schon wusste. Wirkt aber immer sehr intelligent, wenn man damit herum läuft. Die Idylle des Dorfes wurde empfindlich dadurch gestört, dass eine Horde (drei Klassen) von Schülern in die Steinzeit einbrachen. Da die letzte Schulwoche begonnen hatte, findet auch im kleinen Alpenstaat kein Unterricht mehr statt. Man erkundet auf Exkursionen die Umgebung. Das ist allerdings wie bei uns. Die begleiteten Lehrer der erwähnten Schüler ließen sich in der Gaststätte nieder und bestellten sich ein leckeres Mahl. Die Monster okkupierten den Eisstand (so, dass ich Stunden auf ein Eis warten musste) und es herrschte Remmidemmi. Die Anlage war mit kleinen weißen Kieselsteinen auf den Wegen ausgestattet, die nun knapp an mir vorbeisegelten. Da die Lehrer mit der Menüwahl beschäftigt waren, konnten sie sich nicht um solche Kleinigkeiten kümmern. Ein paar besonders eifrige Schüler hatten bis zur Führung nichts weiter zu tun, als genau diese vielen kleinen Steine immer wieder durch die Luft fliegen zu lassen. Ich schaltete sofort den roten Alarmhebel wieder auf „Aktion" und setzte mein „Ich-habe-alles-genau-gesehen-Blick" auf, aber der wirkte in der Steinzeit nicht. Ich verließ daraufhin dieses Zeitalter mit vielen Fotos, einer Videoaufnahme, einigen Ansichtskarten zur Unterrichtsanschauung, einem Pfeifstein für den Geschichtsunterricht und einen Packen Flyer als Werbung für die Schüler. Außerdem war es beruhigend, dass österreichische Kinder auch nicht wesentlich andere Verhaltensweisen an den Tag legen. Gut, dass ich im Urlaub nicht an die Schule denke.

Das Schicksal hat meinen Mann und mich aber fest in der Hand und schon bei der nächsten Sehenswürdigkeit trafen wir auf Maria-Jochboden, einer Wallfahrtskirche im Drautal, auf eine weitere Schulklasse. Sie marschierten gerade in das Gotteshaus ein und ich war erleichtert, denn wenigstens vor Gott werden sie Ruhe geben. Na, ja wenigstens ein bisschen. Von den Lehrern war wie immer keine Spur zu sehen, aber die Pfarrerin stand am Eingang und sagte jedem, dass er seine Schuhe sauber machen soll (Hat Gott keine Putzfrau?) und fragte auch jeden, ob er etwas für Gott mitgebracht hat. Wer nichts hatte, der konnte gleich wieder gehen ... Als Geschenk gingen auch die Pflanzen oder Pflanzenteile der Umgebung durch. Ganze Sträucher, geplünderte Blumenwiesen wurden anerkannt. Durch die strenge Einlasskontrolle ermahnt, holte noch so mancher Junge ein zerquetschtes Gänseblümchen hervor. Als Atheist lernte ich bei der Beobachtung zwei Dinge:

1. Man kann Wandertage auch in Kirchen machen. Kein Problem, denn in dieser Gegend sind alle streng katholisch und
2. Gott gibt einem nur etwas, wenn man ihm was mitbringt.

Es vergingen keine zwei Tage, schon war besagter Vermieter mit seinem Bruder und ein paar Flaschen Bier im Schlepptau wieder an unserer Ferienwohnung. Im Kreise der internationalen Lehrerschaft wurde nun auch sein schon pensionierter Bruder, ein ehemaliger Schulleiter, aufgenommen. Noch ein Exemplar der illustren Gemeinschaft, dass sich am liebsten über gute alte Zeiten unterhielt. Mein Mann und ich folgten interessiert und amüsiert den Erzählungen, die im zarten österreichischen Jargon ein Ohrenschmaus waren. Gelegentlich glitten aber die beiden Einheimischen im Eifer des Gefechtes ganz in ihre Heimatsprache ab und dann konnten wir Zuhörer nur noch erahnen, worum es geht. Ich verstehe dann nur Bahnhof und lächle tapfer weiter, ohne mich am Gespräch beteiligen zu können.
Bemerkte man unsere höfliche Zurückhaltung, ging es in gutem Deutsch-Österreichisch weiter.

Nach mehreren Runden Bier wurde folgende Geschichte erzählt:
Unsere beiden Brüder gingen früher auf die selbe Lehreranstalt. Diese pädagogische Schule befand sich in Stams und es war sehr schwer, dort aufgenommen zu werden, da die Eignungsprüfung einen musikalischen Test beinhaltete.

Natürlich war ein Pflichtfach auch das Erlernen eines Instrumentes. Das war der Horror aller Studenten, weil es nicht zwingend notwendig erscheint, als Chemie- oder Sportlehrer auch musikalisch zu sein. Der Fleiß und das Engagement war wohl in diesem Bereich der Ausbildung nicht so hoch. Aber es kam mit 100prozentiger Wahrscheinlichkeit, schneller als erwartet: die musikalische Hauptprüfung. Ein Albtraum für alle. Einige Kommilitonen, die seit Wochen ihr Instrument nicht in der Hand hatten, wurden nachtaktiv. Man schlief im Achtmannzimmer und plötzlich wurde einer unserer Erzähler nachts von komischer Musik wach. Die kam vom Spieler unter ihm im Doppelstockbett. Dieser konnte vor Angst schon nicht mehr schlafen und meinte nun seinem Eifer sofort nachgeben zu müssen. Andere Betten blieben gleich ganz leer, weil man in den Keller ging und übte. Jeder Student durfte nur einen Ausfall, also eine „5" in einer Prüfung haben, sonst wurde man sofort verabschiedet. Strenge Sitten. Ein Drückeberger hatte eine Handverletzung, einer der wenigen, der wirklich eine hatte. Viele gaben nur vor eine zu haben und erschienen nicht zu den Übungsstunden. In diesem Studiengang gab es auffällig viele Schnittverletzungen, Verstauchungen und Schlimmeres. Natürlich konnte der Verletzte nicht zur Prüfung antreten. Schweigend ließ er sich nicht mehr blicken. Die Hoffnung stirbt als letztes. Aber die Fünf blinkte auf seinem Zeugnis. Damit hätte der Unglücksrabe ja noch leben können, aber er hatte auch eine Fünf in Schwimmen. Warum in Schwimmen? Auch wegen der Verletzung? Nein! Viele Studenten hatten mit dem Schwimmen noch ein größeren Problem als mit dem Musizieren. Wir befinden uns in den 50er Jahren und da hatten die Bergdörfer keine Badeanstalten oder Erlebnisbäder. Man konnte auch nicht in den wenigen Bergseen oben bei Ötzi schwimmen lernen. Auch die reißenden Flüsse wie z.B. der Inn waren nicht geeignet. Na und mehr Wasser gibt es im Tal oder auf der Alm nicht. So konnte ein Großteil der Studenten einfach noch nicht schwimmen, mussten aber auch hier eine Prüfung ablegen.

Was nun? So schnell schwimmen lernen ist noch unwahrscheinlicher, als ein Musikstück einzuüben. Der Drückeberger hat sich sofort bei der Instrumentallehrerin gemeldet und Protest gegen seine Note angemeldet. Damit sein Auftreten auch wirklich wirkt, haben seine Kumpels in den Verband noch einen dicken Hundeknochen eingewickelt, damit die Dauerverletzung auch sehr beeindruckend wirkt. Nicht dran zu denken, wenn er den Verband zur Kontrolle hätte ablegen müssen. Er bot es sogar bei seinem Besuch an, aber die Musiklehrerin, Marke alte Jungfer, hat mit erhabenen Gesicht nur einen Nachholtermin und ein Übungsstück, Betonung liegt auf e i n Übungsstück, bekannt gegeben. Damit nahm das Schicksal seinen Lauf. Verband ab und nun wurde geübt. Schlimmer war ein anderer Studienkollege dran, denn der hatte sich absichtlich zur Prüfung eine Fingerkuppe abgeschnitten. Nun hatte er nicht nur eine schlechte Note, er konnte auch für die Nachprüfung nicht üben. Nur einer aus dem Seminar war wirklich zur Prüfung erschienen. Leider fiel er durch. Pech!
Das Leben ist ungerecht.
Nach Beendigung dieses furchtbaren und strengen Studiums wurde unser damaliger Student gefragt, ob er auch bereit wäre, ein Pflichtjahr dort zu machen, wo er gebraucht wird. Gelockt wurde mit einer ordentlichen zusätzlichen Bezahlung. Die Entscheidung war nicht leicht. Was kann es in Österreich bedeuten, dort eingesetzt zu werden, wo man ihn braucht? Halligen (meine Vorstellung von einem Einsatzort der gleich Selbstmord wäre) gibt es ja in diesem herrlichen Land zum Glück nicht, aber ... viele tiefe Täler, mit vielen einsamen Bergen und Almen und ganz kleinen Alpendörfern dort, wo man schon mindestens drei Absperrschranken an den Straßen passiert hat. Im Winter wird da einfach dicht gemacht, wenn es zu viel geschneit hat. Man wartet dann geduldig auf den Frühling. Ist die Lawinengefahr vorbei, werden die Straßen wieder aufgemacht. Das kann dauern ... Aber Geld zieht immer und so wurde unser musikalischer, frischer Absolvent in einem kleinen Bergdorf eingesetzt. Wahrscheinlich hatte die Schule nur drei Lehrer und die waren seit dem letzten

Lawinenabgang noch überfällig. Wegen dem vielleicht allzu gefährlichen Schulweg hat man unserem neuen Freund gleich in die Schule einquartiert. Bequemer geht es nicht. Na ja. Aber auch im entlegensten Winkel der Welt kann man nicht genug Geld haben. So konnte in der Steuererklärung der Arbeitsweg nicht geltend gemacht werden, da er ja im selben Haus wohnt. Es musste Abhilfe geschaffen werden. Kurzerhand ließ sich unser Pflichteingesetzter vom Arbeitgeber bestätigen, dass er eine Hausnummer weiter als die Schule wohnt. Und schon klappte es auch mit dem steuerlichen Zuschuss. Heute unterrichtet Herr Berger in Innsbruck an einer Hauptschule.

Neben Schulwandertagen in Kirchen kann man in den Alpen natürlich auch zu Wintersportereignissen gehen. So geschehen im vergangenen Jahr. Die gesamte Schule setzte sich in den Zug und fuhr die ca. 50 km nach Imst. Hier fand die Skiweltmeisterschaft statt. Beim Riesenslalom wollte man unbedingt mit dabei sein. Etwa 60000 andere Menschen auch. Aber in Österreich ticken die Uhren anders. Da gehen halt auch Sachen, die bei uns undenkbar wären. Von den 30 Schülern, die Herr Berger in einer 3. Klasse (14jährige) zu begleiten hatte, gingen schon am Bahnhof im Gedränge etwa die Hälfte verloren. Aber das ist kein Grund zum Aufregen. Man wusste ja, wann und wo es wieder nach Hause gehen soll. Die Veranstaltung war ein tolles Erlebnis und kurz vor Ende des Sportwettkampfes entschließt sich Herr Berger doch schon zum Bahnhof zu gehen und mal nach seinen Vermissten zu schauen. Schüler hat er nicht viele getroffen, aber eine seiner Kolleginnen. Diese hatte die tolle Idee, schon einen Zug eher zu fahren, denn bald wird es ein riesiges Gedränge geben, nämlich dann, wenn die anderen Zuschauer alle vom Wettkampf nach Hause strömen. Er nahm also die wenigen verfügbaren Schüler und die Kollegin und fuhr nach Hause. Ihm war das frühere Abfahren sehr recht, denn er hatte bereits in einer Stunde eine Verabredung mit neuen Gästen am Bahnhof in Telfs. Sie hatten ihn gebeten, sie in die Ferienwohnung zu fahren. Organisation ist das halbe Leben.

So wird er an diesem Tag alles noch pünktlich in den Griff bekommen. Aber ganz gewissenlos ist er letztendlich seinen Schülern gegenüber nicht. Er informierte per Handy einen anderen Kollegen, dass er die Restschüler mitbringen soll und rief die Eltern der Schüler, die nun eher ankommen auch an, damit sie vom Bahnhof eher abgeholt werden. Alles klappte hervorragend. Die Schüler wurden abgeholt, er war pünktlich bei den neuen Urlaubern und die restlichen Schüler kamen auch wieder heil nach Innsbruck. Nur eine Schülerin wurde nicht eher vom Bahnhof abgeholt. Auch nicht schlimm, die hat Herr Berger mit den Urlaubern gemeinsam zu seiner Ferienwohnung gefahren und dann zu Hause abgegeben.

Ich wage keinen direkten Vergleich mit ähnlichen Aktionen bei uns.

Wie würde Herr Berger sagen: „Pascht schon!"

Projektwoche

Das zweite Schulhalbjahr dümpelt wie gewohnt so vor sich
hin: Wandertage, Feiertage, Sportfest, Tagesausflug,
Stadtrundfahrt und nun auch noch die Projektwoche.
Meine 4. Klasse wird in die Welt der Bücher eintauchen. Ich
bin und bleibe ein Büchernarr. Obwohl ich überzeugt bin,
dass dem Medium Buch modernere Medien Konkurrenz
machen, liebe ich es über alles. Nicht umsonst krame ich in
meiner Mediothek in der Schule seit Jahren in den
Bücherregalen herum. Privat verschlinge ich Unmengen von
Büchern und am liebsten verschenke ich sie. Und nun
schreibe ich auch noch welche! Manche schrecken eben vor
nichts zurück.
Da ich als Kind überhaupt nicht gern las, verstehe ich meine
Schulkinder, wenn sie vom Lesen nicht so begeistert sind. Es
ist daher meine Mission, ihnen über möglichst vielen Wegen
Bücher nahe zu bringen und damit natürlich auch das Lesen.
Ich besorgte einen alten Koffer, der mit Büchern gefüllt
wurde, um somit auch für Atmosphäre zu sorgen. Ohne das
ich viel sagte, griffen die meisten gleich zu und lasen mal hier
was, mal guckten sie sich nur die Bücher an und manchmal
waren auch nur die Bilder interessant.
Um Abwechslung ins Spiel zu bringen, besuchten wir zweimal
die Bibliothek in der Nachbarschaft. Die Einführung in die
Arbeit mit Nachschlagewerke endete im Chaos, da meine
Kinder, wenn sie etwas wissen wollen, einfach eine
Suchmaschine im Internet bedienen und dann denken, sie
haben, was sie wissen wollen. Die Sache mit diversen Lexika
und Wörterbüchern usw. ging voll daneben, denn mit den
Nachschlagewerken hatten sie große Schwierigkeiten. Aber
am anderen Tag machte eine rüstige Rentnerin mit uns eine
Schreibwerkstatt. Sie glühte förmlich vor Begeisterung und
ging in ihrem Element auf, dass die Kinder mit ihrer Fantasie
regelrecht entflammt wurden. „Reime, Tierrätsel und
Abzählreime" war das Thema und die Kleinen schrieben und

schrieben. So konnte ich sie noch nie zum Schreiben motivieren.

Am Ende der Woche hat jeder Schüler eine Leserolle fertiggestellt gehabt und einen Lesepass erhalten. Die Krönung im wahrsten Sinne des Wortes war aber der Wettbewerb zum Lesekönig. Eine Woche lang wurde das Vorlesen geübt. Es gab einen Vorentscheid und neun Kinder mussten vor einer Jury, die aus Kindern der 5. Klasse bestand, auf Bewertung lesen. Es knisterte die Luft. Ich kam mir vor wie im Fernsehen. Deutschland sucht den Lesekönig, wow! Aber so revolutionär ist unser Fernsehen leider nicht. Den Wettbewerb gewann eine Schülerin, die einen schönen Preis, natürlich ein Buch, entgegennahm, eine Krone aufgesetzt bekam und einen goldenen Umhang um die Schultern gelegt bekam. Das hatte was.

24 Schüler waren neidisch auf sie!

Zum Abschluss gab es natürlich ganz nach Herrn Klippert eine Auswertung in Form einer Sprechblase.

Das Schönste schrieb ein Junge auf: „Die Projektwoche hat in mir die Lust aufs Lesen geweckt!" Traumhaft! Ich bin ihm echt dankbar dafür.

Da wir traumhaftes Wetter hatten, hielten wir uns auch viel im Freien auf. Lesen kann man ja überall. Ich schickte die Kinder auf den Hof und sagte: „ Nutzt auch das grüne Klassenzimmer!" Als ich dann auch auf dem Schulhof erschien, erzählten mir Kollegen, dass einige Schüler sie im Schulhaus fragten, wo denn der grüne Raum wäre. Es handelt sich aber um eine mit Hecken abgetrennte Rasenfläche, die gerahmt von Sitzgelegenheiten ist…

Und wieder haben wir dazu gelernt.

Qualität

Ein Jahr lang habe ich mit einer 6. Klasse regelmäßig eine Tageszeitung in die Schule bekommen. Wir haben gelernt, wie eine Zeitung aufgebaut ist und auch selber Artikel geschrieben.

Heute war ich zur Abschlussveranstaltung des Projektes bei der Berliner Zeitung.

eingeladen. Es sollte eine Führung durch die Berlinerische Galerie und dann die Auswertung der Schülerartikel und Prämierung stattfinden. Kultur ist immer gut, dachte ich mir und meldete mich mit einer Begleitung, meiner lieben Freundin Karin, an.

Wir trafen uns vor der Galerie. Es ist ein heißer Tag und wir kommen direkt von der Arbeit. Uns quält Durst und wir beschließen, im anliegenden Café noch ein Wasser zu trinken. Nach einer kurzen Verschnaufpause gingen wir dann direkt vom Gastraum in die Galerie. Dort standen schon fünf Gestalten, die wir eindeutig als Lehrer identifizierten: nicht mehr jung und unvorteilhaft gekleidet. Hier waren wir also richtig. Wir staunten darüber, dass so wenige Kollegen von dem tollen Angebot der „Berliner" Gebrauch machten. Aber das Schuljahresende fordert seinen Tribut. Alle sind gestresst, die Wochen sind voll mit Terminen, nichts geht mehr. Bei uns schon. Wir freuen uns auf den Kulturgenuss.

Da sich kein Verantwortlicher für die Veranstaltung sehen ließ, beschlossen wir, schon in die Galerie zu gehen. Wir zeigten dem Einlassverantwortlichen unsere Einladungen und wurden von ihm nach: „Da hinten links!" geschickt. In einem großen und beeindruckenden Raum waren geschmackvoll im rechten Winkel Stuhlreihen aufgebaut, es gab ein Rednerpult und auffallend viele Blumen. Das die „Berliner" sich so viel Mühe für die Lehrer macht?!

Diskret in der fünften Reihe suchten wir uns ein Plätzchen. Langsam füllte es sich. Wir waren im Gespräch vertieft. Schließlich hatten wir uns schon seit einer Woche nicht gesehen, allerdings mehrfach telefoniert.

Langsam kam Bewegung am Pult auf. Ein netter Herr begrüßte alle Anwesenden und übergab sofort das Wort an die Frau Staatssekretärin.

In meinem Kopf läuten die Alarmglocken: Hier stimmt was nicht! Ich blicke zu meiner Begleiterin, aber die gluckst nur vergnügt und sagt: „Ganz schön niveauvoll, was ihr so macht."

Erst jetzt schaute ich mir die um uns sitzenden Leute und stelle fest, dass das keine Lehrer sein können.

Designerklamotten, irre Taschen und Schuhe und Schmuck… die Krönung der Hut in der zweiten Reihe mit einer Frau darunter. Bestimmt geliftet, nicht der Hut.

Neben mir lächelt mich eine ausländisch aussehende Dame an und flüstert auf Hebräisch etwas ihrem Begleiter zu.

Ich sage mir: Ganz ruhig Martina. Wir gehen alles der Reihe nach durch:

Ist heute der 16.06.05? Ja, der Tag stimmt.

Ist es 15 Uhr? Ja.

Bin ich in der Berlinerischen Galerie? Ja, auch das ist korrekt.

Wo ist dann das Problem?????????????

Es sind keine Lehrer zu entdecken. Es gibt in diesem riesigen Gebäude keine weitere Menschenansammlung. In meinem Kopf ist nun nur noch ein großes Fragezeichen.

Wir gucken so intelligent wie es irgend geht und lauschen unserem zwar falschen, aber interessanten Programm.

Nach einigen Minuten erfahren wir den Grund für das Auftreten der schicken Klamotten und Klunkern. Wir befinden uns bei der Verleihung eines Bundesverdienstkreuzes am Bande an den Maler aus Damaskus Kassab - Bachi Marvan.

Wir sitzen an seinem Gemälde „Kopf" von 1976.

Kurz frage ich mich, wofür man so einen solchen Orden bekommt. Aber diese Frage wird vom nun sprechenden Museumsdirektor beantwortet. Ein toller Rhetoriker, der in einer sehr blumigen Sprache seinen Freund Marvan lobt und persönliche Episoden zum besten gibt, immer mit dem Beisatz: „Du wirst sicher nichts dagegen haben, wenn ich den hier Anwesenden erzähle, dass …"

Dann folgt eine Reihe lobender Worte an diverse Familien, die Mäzene der Kunst sind und durch wertvolle und entsprechend hohe Spenden es uns ermöglichen, einen solchen Kunstgenuss … er weiß gar nicht, wie Recht er hat. Der Geehrte selbst ist ein sympathischer und bescheidener Mann, der im Beisein seiner Frau und auch der erwachsenen Kinder nun ein paar Worte verliert.

Das ihm angehängte Kreuz sieht wie ein Faschingsorden aus. Sorry.

Anschließend werden alle zu Häppchen und Sekt eingeladen. Ich war nach diesem Schock auch dafür, aber meine Freundin wollte lieber unsere richtige Veranstaltung aufsuchen. Am Einlass beschimpfte ich den Mann, der uns falsch geschickt hat. Der hatte sich bereits den Ärger der anderen fünf Lehrerinnen anhören müssen. Die wurden während der Veranstaltung aufgefordert zu gehen, da sie nicht ausreichend feierlich gekleidet waren. Sagten wir ja schon zuvor. Sehen also andere auch so. Ich dankte meiner Idee, an diesem Tag im Kleid mit Pumps zu erscheinen.

Nach längeren Suchen fanden wir auch eine Führung in der Galerie für die eingeladenen Lehrer. Man hatte sie geschickt vor der Galerie abgefangen, damit sie nicht auf die andere Gesellschaft treffen. Da wir aber gleich auf direktem Wege hineingingen, haben wir das nicht bemerkt. Man teilte die Lehrer in vier Gruppen und so fielen sie ausnahmsweise mal nicht auf. Soweit das bei Lehrern möglich ist.

Wir verbrachten noch einen schönen Nachmittag. Bei uns gab es dann auch noch Häppchen…

Richtiger Sprachgebrauch

Klar können wir alle richtig schreiben und sprechen. Wer es nicht kann, sollte den Mund halten bzw. Hilfsmittel benutzen und es nicht mit schriftlicher Ergüssen versuchen. Auch mir kommen erhebliche Zweifel, wenn ich meine geschriebenen Seiten korrigiere. Fragen über Fragen. Wie machen das die echten Lektoren? Ich habe gar keinen Lektor!
Ob nun der Duden oder die Rechtschreibhilfe im Computer, hier werden Sie immer geholfen.
Als Deutschlehrerin und damit auch Hüter der deutschen Sprache bin ich allerdings auf verlorenem Posten, sowohl in der Familie als auch im öffentlichen Leben.
Ist es Ihnen schon einmal aufgefallen?
Es scheint kaum ein Deutscher mehr deutsch zu sprechen (damit meine ich nicht diverse Dialekte). Mir hat die Augen ein Autor geöffnet, der zwei wertvolle Bücher verfasste: „Der Dativ ist dem Genitiv sein Tod - Neues aus dem Irrgarten der deutschen Sprache". Geschrieben wurden die Bücher von Bastian Sick. Viele Fragen werden aufgeworfen, z.B. nach dem Geschlecht von Flüssen (d e r Rhein, aber d i e Elbe) oder der Bezeichnung von Staatsbürgern unterschiedlichster Länder. Gerade jetzt zur Fußballweltmeisterschaft eine aktuelle Problematik. Wie heißen die Menschen aus Togo? Haben Sie mal darüber nachgedacht? Lieber nicht!
Nach dem Studium dieser Büchner war ich mir nicht mehr sicher, ob ich meine Muttersprache auch nur halbwegs beherrsche. Ich schwimme im Strom meiner Umwelt mit und die ist sehr international und oberflächlich. Ist Deutsch meine Muttersprache?
So gehe ich jeden Tag zu meinem Job. Ich evaluiere und kommuniziere. Nachmittags bin ich trendig und gehe vielleicht bei meinem Date in einem Center shoppen. Wir trinken einen Cappuccino und beklagen uns über unser Burn-out-Syndrom. Man kann aber zum Psychologen gehen und der checkt einen dann durch. Vielleicht geht man auch ins

Fitness-Center und relaxt nach einem Warm-up. Wellness hilft immer.

Am verseuchtesten sind aber unsere Medien (die Bildzeitung ist von vorn herein ausgeschlossen). Das Schlimme daran ist, dass man viele Fehler gar nicht mehr bemerkt. Tägliches Berieseln und unkritischer Konsum haben uns blind gemacht. So meldet das rbb-Fernsehen in einer Reportage, dass sich die neue Bundestagsabgeordnete Elke Reinke sich um 100% gedreht hat. Oder meinen sie 180 oder gar 360 Grad?

Der Werbung habe ich ein eigenes Kapitel gewidmet. Auch da bröckelt es. Beim Einkauf braucht man fast ein Wörterbuch, um alles zu verstehen. Ein rotes Schild mit „sale" verrät uns, was eigentlich? Die Kaufhof – Werbung ist so nett und schreibt für den weniger in Fremdsprachen Bewanderten noch in Klammern „reduziert" darunter. Bei Douglas geht man „come in and find out". Vielleicht habe ich es falsch übersetzt, aber bei mir hat das immer geklappt. Obwohl wir Summer in the City haben, ist es auch woanders heiß. Gerade zur Weltmeisterschaft haben viele Läden auch länger „open". Da kann ich noch schnell in den Mediamarkt gehen und viele schöne Sachen mit tollen Namen kaufen…z.B. Player in allen Variationen. Bei „Lidl" könnte ich mir einen „body bag" holen, wenn ich nur genau wüsste, was es ist.

Da bekomme ich Torschusspanik, oder heißt es Torschlusspanik? Bin ich jetzt provozierend, provokant oder provokativ? Das sind schwere Entscheidungen. Sonderbarer Weise, oder sonderer weise oder sonderbarerweise kann ich mich nur schwer entscheiden. Am besten ich entscheide mich für die optimalste Lösung, die kann aber auch die bestmöglichste oder die beste Lösung sein.

Das hat man nun davon, wenn man in den Deutschdschungel vordringt. Ich finde keinen Ausweg!

So verzeihe man alle Fehler, Fehlerchen und die kleinen Unreinheiten in diesem Buch.

Ansonsten gilt: Selber besser machen!

Ritterrunde

Die Idee wurde plötzlich und unerwartet geboren.
Wir Kollegen fahren mit Familien für ein Wochenende weg.
Was sich unsere liebe organisierende Kollegin dabei dachte,
ein altes Schloss mit einem Reiterhof auszudenken, blieb
unklar. Vielleicht hat sie an die vielen Kinder von uns
gedacht, die jetzt so kurz nach der Wende die große Freiheit
auch in dieser Beziehung kennenlernen sollten. Hauptsache
wir sind zusammen.
Also machten sich zwei alleinstehende Damen und vier
Ehepaare mit sieben Kindern auf den Weg. Nach einem Stau
auf der Autobahn Richtung Ostsee kamen fast alle gut an.
Eine Familie fehlte noch. Sie hatten eine Autopanne, aber das
wussten wir zu diesem Zeitpunkt noch nicht. Auch wussten
wir nicht, dass gewisse Familie noch einige weitere
Schicksalsschläge an diesem Wochenende erwartete.
Wir bezogen nahe der ehemaligen Grenze mitten in der Prärie
ein stattliches Herrenhaus mit großer Empfangshalle und
großen Zimmern. Unsere Familie hatte das Glück in einem
Achtbettzimmer unterzukommen. Die Kinder fanden das toll,
wir Erwachsenen versuchten uns an den Gedanken zu
gewöhnen. Gemeinsam mit einer anderen vierköpfigen
Familie bezogen wir Quartier. Nach einem leckeren
Mittagessen bestehend aus Pellkartoffeln und Quark schrien
die Männer nach echtem Essen. Aber damit mussten sie noch
bis zum Abend warten. Schließlich waren wir ja nicht in
einem Drei-Sterne-Hotel, sondern in einer Jugendherberge
oder so. Man beachte den Werteverfall: Schloss - Herrenhaus-
Jugendherberge - ....
Nun war eine Kremserfahrt geplant. Auf ging es. Unsere
Männer waren auch zufrieden, denn es gab flüssige
Kohlenhydrate (Bier) und das machte das magere Essen
wieder wett. Wir besichtigten den Ortskern von
Hinterpusemuckel, der uns in Form eines alten Baumes, einer
Bank und einem Tümpel erschien. Die Stimmung stieg, zumal
bei unserer Ankunft auch die letzte Familie mit dem

Pannendienst angekommen war. Während der großen Begrüßung gab es Tränen beim Junior der Familie. Er hatte gerade sein neues Geburtstagsgeschenk, einen Lederfußball mit Unterschriften der Mitglieder der Nationalmannschaft, in einem alten knorrigen hohlen Baum der Allee versenkt. Klasse Treffer!

Weiter ging es voller Erwartung über den Reiterhof. Die Mädchen waren ganz hin und her gerissen. Kleine Pferde und große Pferde. Und alte Pferde. Gerade als wir am Gehege vorbei waren, fiel ein Pferd um und starb. Das hob nicht gerade die Stimmung. Die Erwachsenen mutmaßten über die Gründe. Spontan äußerte ein Junge seiner pferdenärrischen Schwester gegenüber: „Guck mal, dass war das Pferd, mit dem du reiten solltest!" Getröstet wurde sie und alle anderen auch damit, dass jeder zwei Gutscheine zum Probereiten bekamen, die wir in der modernen Reithalle einlösen konnten. Eine Reitlehrerin wies uns in die Geheimnisse des Reitens und der Pferde ein. Was sie uns vorher nicht gesagt hat, wie hoch und wie breit und wie wackelig ein Pferd sein kann. Zum Glück durfte sich jeder ein Pferd aussuchen. Die Erfahrenen nahmen die spritzigen und lebhaften Pferde, die etwas schwereren Männer die starken Hengste und ich entschied mich für ein etwas kleineres Exemplar, was sonst den Behinderten zur Verfügung steht. Es war ein ruhiges Pferd und ein sehr sensibles. Wenn das Pferd merkt, dass der Reiter Angst hat, dann bleibt es stehen. Ich ritt nicht viel...

Es ging für die anderen quer durch die Halle. Erst ganz langsam, dann ziemlich schnell. Als wir zur Kaffeepause gingen, sagte die Reitlehrerin: „Toll. Es ist nicht einer vom Pferd gefallen." Na super. Mir reichte es und ich verschenkte meine zweite Reitstunde.

Als diese begann, stand ich bewaffnet mit Kamera und Fotoapparat am Rand des Elends. Während ich zuvor ja nur mit meinem eigenen Leid beschäftigt war, konnte ich nun auch das Leid der Pferde und der unerfahrenen Reiter miterleben. Viel zum Filmen kam ich nicht. Geschüttelt vom Lachen kam kein ordentliches Bild zustande. Das Aufsteigen der unerfahrenen Ritter war schon ein Erlebnis. Dann die verkrampften Gesichter, sowohl bei den Tieren als auch bei den Menschen. So manches Pferd wollte einfach nicht mehr und blieb trotz aller Befehle standhaft stehen und entleerte erst einmal die Blase oder schlimmsten Fall auch den Darm und das haufenweise. Allgemeine Ratlosigkeit machte sich breit. Ich glaube, die Reitlehrerin war dann ganz froh, als wir zum Abendessen mussten.

Ein großes Lagerfeuer wurde angemacht, der Grill aufgestellt und ein Büfett angerichtet. Nun begann der angenehmste Teil des bisherigen doch erlebnisreichen Tages. Alle befanden sich in einer super Stimmung schon allein deswegen, weil sie das Reiten überlebt hatten. Genau in diesem wunderbaren Augenblick kam ein Schaufelbagger an uns vorbeigefahren. Auf seiner großen Schaufel hatte er das zuvor verendete und inzwischen steife Pferd geladen. Alle standen wie erstarrt da, die Mädchen begannen wieder zu weinen und die Stimmung war dahin.

Es dauerte einige Flaschen Wein und Bier bis die Stimmung sich besserte. Eine herrliche Nacht begann und uns ging es nun allen wieder gut. Nach und nach wurden die Kinder ins Bett geschickt und beim Lagerfeuer wurde der Tag ausgewertet und viel erzählt. Das zu sehr später Stunde als Ersatz für Feuerholz nach und nach gespundete Bretter von der benachbarten Baustelle verheizt wurden, bemerkte kaum jemand.

Bei meinem Weg ins Massenquartier traf ich unsere Kinder nicht wie erwartet schlafend, sondern in der großen Halle des Hauses Federball spielend. Gemeinsam legten wir uns in unsere Betten und wäre nachts nicht ständig jemand ins Zimmer rein und raus gegangen, hätte niemand geschnarcht oder eine schwache Blase gehabt, dann wäre es eine gute Nacht geworden. Wenn ich mal schlief, träumte ich in dieser Nacht von vielen Pferden.

Seit diesem Ausflug habe ich nie wieder auf einem Pferd gesessen.

Beim nächsten Ausflug geht es nach Weimar. Nicht auf einen Reiterhof, nicht in eine Jugendherberge und ohne unsere Kinder. Es sind nämlich über zehn Jahre vergangen.

*S*chulanfänger

Ob man will oder nicht, jeder muss die Schule besuchen. Die Schulpflicht für Kinder beginnt seit 2005 in einem Alter von fünf Jahren. Ganz schön früh für die kleinen Geister. Gerade ins beste Kindergartenalter gekommen und schon geht es in die nächst höhere Institution. Die Zahl der Kinder, die keinen Kindergarten besuchen und damit auch keine Vorschule mehr haben, nahm in den letzten Jahren deutlich zu.

Aber nun kommen sie in die Saph. Schuleingangsphase! Sie kommen in eine kleine Gruppe von Erstklässlern, die schon ein Jahr Schulluft geschnuppert haben. Die Besten der ehemaligen Ersten steigen auf in die nächste Klassenstufe. Das wiederholt sich dann in jedem Jahr: Einige bleiben und andere rücken auf. Es ist mir nicht bekannt, wie lange man in einer Klassenstufe bleiben darf. Erst wenn die Jugendfeier näher kommt, muss über ein Weiterrücken ernsthaft beraten werden. Sitzenbleiben gibt es nicht mehr.

Eines Tages kommen sie, die Kleinen, und lernen alleine auf die Toilette zu gehen, sich die Schuhe zuzumachen und eine Schere zu halten. In ostdeutschen Landen scheint es keine Familienaktivitäten dieser Art mehr zu geben.

Den ersten Schulkontakt haben die zukünftigen Zuckertütenträger zum Kennlerntag im Mai. Sie kommen in die Schule zu Besuch und lernen ihre neue Lehrerin kennen, sowie ihre neuen Mitschüler. Das ist eine Aufregung! Die Kleinen sind echt klein, richtig klein. Eben wie so Fünfjährige sind. Putzig!

An diesem ersten Tag lesen sie in unserer Schule die Geschichte vom schwarzen Raben. Er wird sie, neben der Klassenlehrerin, das erste Schuljahr über begleiten. Nach dem schweren Zuhören wird gemalt und unfallgefährdet mit der Schere geschnitten. Gleich das volle Programm. Dem nun mehr oder weniger gut entstandenen Raben werden Federn angeklebt. Auch die komischen Ergebnisse bekommen welche, damit man sie der Rasse der Vögel zuordnen kann.

Alle angefertigten Raben kommen an einen Klassenbaum. Da, wo der eigene Vogel im Baum wohnt, muss der Schulanfänger dann auch hin. Nicht in den Baum, aber in dem Raum, in dem der Baum steht. Das ist der richtige Klassenraum.

Am Kennlerntag gehen die Neuen die Erstklässler besuchen. So bekommen sie einen kleinen Einblick, in das, was sie später mal erwarten wird. Nichts Gutes, denn nun wird geschrieben. Das Zugucken ging gut, aber dann sollen die kleinen Gäste Schriftmuster nachschreiben und Zeilen fortsetzen. Natürlich mit dem Bleistift, denn mit dem Füller dürfen nur die Besten frühestens im zweiten Schulhalbjahr schreiben!!!!!

Lina verlässt im nächsten Schuljahr ihre Klasse und wird in die zweite Klasse kommen und damit auch eine neue Lehrerin kennenlernen. Lina bleibt in ihrem Klassenraum, die neue Lehrerin für die Verbleibenden kommt und stellt sich vor. Lina steht gern im Mittelpunkt und sagt ihr: „Sie können sich ganz gelassen vorne an den Lehrertisch setzen und die Füße auf den Hocker legen. Wir machen das schon."

Das nenne ich Gottvertrauen!

Auch für ihre neue Klassenlehrerin hat sie eine Idee: " Frau Müller, Sie sind so gut vorbereitet. Sie können sich gleich setzen und die Füße auf den Tisch legen."

Man fragt sich schon, was den Kleinen wohl alles so durch den Kopf geht. Hat ihre ehemalige Lehrerin immer entspannt im Unterricht die Freizeithaltung eingenommen, oder klagte sie über ständig schmerzende Füße?

Fakt ist, sie will immer nur das Beste für ihre Lehrerinnen. Sehr rühmlich!

In der Kommunikation mit den Kleinen gibt es so manche Barrieren.

Auf die ganz harmlose Frage: „Wie heißt denn dein Vati mit Vornamen?" bekommt man schon mal die Antwort: „Na, Papa!" Klar, wie sonst!

Das die Kinder der ersten Klassen immer für eine Überraschung gut sind, zeigte sich gerade wieder im

Projektunterricht Lebenskunde/ Religion. Wir sitzen ganz
entspannt beim Basteln. Inzwischen kann jeder eine Schere
ohne Verletzungen benutzen und aus vielen Papierteilen eine
Maus zusammensetzen. Gestört wurde die Arbeit nur durch
den lauten Gesang eines Schülers. Darauf angesprochen
protestiert er mit den Worten: „Ich bin fröhlich drauf." Man
kann nur hoffen, dass das nicht zur Normalität wird.
In dieser Sehbehindertenklasse sind wir zwei Lehrerinnen
besonders gefordert, denn Hilfe wird überall gebraucht. Leo
hat z.B. nur eine geringe Sehkraft. Damit ist klar, dass er viel
Unterstützung braucht. Erstaunlich, wie viel er allein machen
kann. Bei den Feinheiten einer Bastelei geht aber nichts mehr.
Ich bin zur Stelle und wir basteln gemeinsam. Das heißt, er
steht daneben und ich habe Schweißperlen auf der Stirn. Um
ihn in den Bastelprozess mit einzubeziehen, darf er schon die
benötigten Flügelklemmen holen. Das klappt ohne
Zwischenfall, obwohl diese Dinger sehr klein sind. Leider legt
er sie jetzt am Ende des langen Tisches ab. Ein guter Meter
trennt mich von ihnen. „Leo, schiebe sie mal bitte zu mir
rüber." Gerade als ich den Satz zu Ende gesprochen hatte,
sah ich das Loch im Tisch. Eigentlich sollen dort die
Leitungen für die technischen Geräte durchgeführt werden.
Da aber keine auf dem Tisch stehen, versenkt Leo gerade die
vier Klemmen im Loch, denn er konnte es nicht sehen. Seine
kleine schiebende Hand kommt wohlbehalten bei mir an.
„Bitte", sagt er. „Danke", sage ich für die Luft, die bei mir
ankam. Klärte ihn aber über den Verlust auf. Hilfsbereit bückt
er sich und taucht unter dem Tisch ab. Da Flügelklemmen
nicht die Größe eines Elefanten haben, war die Suche von
vorn herein ausweglos. Wir haben dann die Maus aus dem
Buch „Die Maus und die Wundersteine" doch noch fertig
zusammengebaut.
Leo kann sich entspannen. Ich noch nicht, denn nun kommt
Thea mit den Einzelteilen ihrer Maus. Wir machen uns an die
Arbeit und plaudern miteinander. Thea vertraut mir ihre
Sorgen mit Leo an: „Weißt du," sagt sie zu mir, „er möchte,
dass ich immer Ketten trage, wenn wir verheiratet sind. Aber
ich weiß nicht, ob ich das möchte. Das muss ich mir noch

überlegen." Ich hoffe, sie wird die richtige Entscheidung für ihr Leben treffen. Sie hat ja noch mindestens 12 Jahre dazu Zeit, bis die Hochzeit möglich ist. Rein gesetzlich. Vielleicht gehen die Kinder dann schon mit drei Jahren in die Schule und dürfen mit 15 Jahren heiraten, oder so. Warten wir es ab!

*T*ypisch DDR-Kind?

Jeder Mensch hat so seine Macken. Die einen schweigen dazu, die anderen sonnen sich damit und noch andere erzählen Jahre später, nicht ohne Einfluss von Alkohol, ihre Jugendsünden. So erfuhren wir neulich auf einer Geburtstagsfete folgende Begebenheiten von früher …

Tom ist ein ganz normales Schulkind der ersten Klasse. Seine Schwäche gilt allen metallenen Kleinteilen. Ein Beispiel: Der Reißverschluss des Schlafsackes.

Gerade erlebt Tom seinen letzten unbeschwerten Sommerurlaub außerhalb der Ferien, denn im nächsten Sommer ist er Schulkind und da macht er Urlaub wie alle Kinder in diesem Alter. Er ist mit seinen Eltern an der geliebten Ostsee. Wie immer sind die Plätze hier rar und so findet man sein Glück auf einem Campingplatz.

Sinnig und zufrieden liegt er abends in seiner „Koje". Er kuschelt sich in seinen schönen Schlafsack und da entdeckt er das Ende des Reißverschlusses mit einer wunderbaren Metallöse. Sein Interesse ist geweckt und es geht nicht anders: Er muss sie einfach in den Mund stecken. Diesen Geschmack von Metall auf der Zunge zu haben ist besser, als eine Ostseebriese um die Nase. Genüsslich zieht und lutscht er an seinem Objekt der Begierde, da passiert es. DDR-Artikel sind nicht für den Dauergebrauch bzw. Dauerlutschtest ausgelegt. Dieses kleine Teilchen verabschiedet sich vom Schlafsackreißverschluss direkt in den Mund des Metallfetischisten und der Schreck löst einen Schluckreflex aus … schwups ist es weg, das kleine Teilchen. Und das, wo es doch so schlecht Ersatzteile gab.

Bekanntlich lernt man aus Fehlern. Aber nicht immer.

Ein Jahr später ist unser Kleiner schon ein echtes Schulkind und darf heute mit seiner
1. Klasse und Erzieherin das erste Mal zu einem Solidaritätsbasar gehen. Jawohl! Das ist toll und man ist auch aufgeregt. Jedes Kind hat spontan 50 DDR-Pfennige

mitnehmen dürfen, um zu spenden, das ist eine
Herzenssache.
In den gewohnten Zweierreihen geht es los.
Tom überlegt wohin mit seinem Geldstück und weiß sich zu
helfen. Man kann ja das
Angenehme mit dem Notwendigen verknüpfen. Also rein in
den Mund mit dem Geld und schon spürt er diesen
einmaligen tollen Geschmack von Metall. So geht alles seinen
Gang bis zur nächsten Straße. Da kommt unser 50 Pfennig-
Lutscher ins Stolpern und blubb - weg war das Geldstück.
Ganz langsam und nicht sehr angenehm, bewegte sich dieses
nicht gerade kleine Stückchen Metall Richtung Magen.
Problematisch war dabei, dass das Geldstück das einzige der
DDR-Währung mit gezacktem Rand war. Und das tut in der
Speiseröhre richtig weh! Den Zwischenfall bekam die
Erzieherin mit und nun gab es auch noch Ärger. Erstens, weil
das Geld nicht mehr gespendet werden konnte und weil man
sich nicht sicher war, ob man an einem Alustück ersticken
kann. So wurde ein Krankenwagen gerufen und der
vermeintliche Schluckspecht in ein Krankenhaus gebracht.
Dort wurde geröntgt und auf dem Bild sah man das
Geldstück vergnügt im Dünndarm sitzen. Der Arzt legte fest,
der Natur freien Lauf zu lassen. Was rein geht, kommt
meistens auch wieder von allein raus. Logisch!
Täglich wurde nun der Stuhlgang untersucht. Nach ca. zwei
Wochen entschied sich der Taler den körpereigenen Ausgang
zu benutzen. Was da in die Kloschüssel purzelte, wurde aber
nicht den Erwartungen gerecht. Ein flaches verätztes
Stückchen Metall ohne Zahl oder Buchstabe. Ein wertlos
gewordenes, unerkanntes Teilchen. Welch Drama! Ein Beweis
dafür, dass die alte Währung einfach nichts taugte.

P.S.: Dem Patienten geht es heute wieder gut. Ob er als
Erwachsener auch noch seinen Gelüsten nachgeht, ist nicht
übermittelt. Interessant wäre ein Test mit der guten neuen
Währung. Na, wie wäre es?

$\mathcal{U}$nter uns

Es gibt Geschichten, da weiß man nach vielen Jahren gar nicht so 100prozentig, wie es zu ihnen kam. Motivation für damalige Aktivitäten und gute Absichten verklären sich und die Frage ist berechtigt, ob man zum damaligen Zeitpunkt eigentlich alles unter Kontrolle hatte.

Aber als lebenserfahrener Mensch weiß man, dass der Zweck die Mittel heiligt und erlaubt ist, was gefällt und hilft.

Versetzen wir uns in das Jahr 1989. Wendezeit und politisches Chaos vor allem für uns Ossis. In der Schule ist der Teufel los, denn die täglichen aktuellen Ereignisse überschlagen sich, die politischen Gegebenheiten unterliegen ständigen Veränderungen und so manche Lebens- und Weltphilosophie gerät ins Wanken. Schließlich waren wir das einzige Volk, dass eine Weltanschauung hatte, ohne die Welt je gesehen zu haben. Bittere Erfahrungen werden gemacht und auch ohne ein „Wendehals" zu sein, musste man sich gesellschaftlich neu orientieren. Gar nicht so einfach, wenn man ein echter DDR-Bürger war. Die Wende brachte viele neue willkommene Veränderungen, allerdings in einem so rasanten Tempo, dass man oft mit seinem Denken und vor allem Fühlen gar nicht hinterher kam.

An der Schule war es jetzt modern, die Vertrauensfrage zu stellen. Stühle wurden plötzlich leer und neue Leiter kamen. Auch unsere Staatsbürgerkundelehrerin konnte ihre Tage zählen, denn ihr Fach wird es im nächsten Schuljahr nicht mehr geben. Für das eine verbleibende Jahr wurde auch hier von den Schülern und Eltern die Frage beantwortet, ob sie weiter von entsprechender Lehrkraft in dem sich verabschiedenden Fach unterrichtet werden sollen. Sie durfte. Da nun die Phase des Improvisieren und Probierens gekommen ist, wird der Unterricht auf den Kopf gestellt. Das Lesen der Verfassung der DDR macht plötzlich Spaß, da man die überholten Artikel so richtig wegdiskutieren konnte. Jede der letzten Volkskammertagungen wurde genau verfolgt, auch die versuchte neue Demokratie - und nun wirklich ernst gemeinte Demokratie - wohlwollend, wenn auch kritisch zur Kenntnis genommen. Die Aktivitäten des Runden Tisches wurden verfolgt und diskutiert und mögliche Zukunftsweissagungen versucht. Im Übrigen, aus heutiger Sicht betrachtet, lagen alle Zukunftsmodelle voll daneben. Eigentlich schade. Tägliche politische Fragen wurden nun nicht nur abgehakt, sondern mit Begeisterung diskutiert. Plötzlich gab es Politik zum Greifen nah. Nachdem der Lauf der Geschichte nicht mehr so klar war, lohnte sich das Nachdenken und Meinungen austauschen. Schade, dass es nach der Wiedervereinigung damit auch schon wieder vorbei war und ein erschütterndes Desinteresse an politischen Fragen nach und nach eintrat.

Natürlich war auch von Seiten der Lehrer eine gewisse Skepsis da. Vom Leben geprägt (anstatt von Sitte gemalt) verfiel man nicht so schnell in große Euphorie. Als regelmäßiger Teilnehmer diverser Parteilehrjahre (für alle Kollegen Pflicht) wusste man zumindest theoretisch um die Gefahren der kapitalistischen Gesellschaft. Schließlich hat man in zahlreichen Diskussionen im und nach dem Unterricht vor den Problemen des Kapitalismus gewarnt. Da waren Arbeitslosigkeit, Drogenmissbrauch, Kriminalität und soziale Unsicherheit, die wir nicht haben wollten. Reisefreiheit und die D-Mark ja, aber den Rest können die Wessis behalten. Schon damals war klar, dass das wohl nicht klappen würde. Warnen musste man unsere wohlbehüteten Schüler aber schon vor dem, was da früher oder später über uns hereinbrechen würde.

Gesagt getan. Noch waren nur wenige von Arbeitslosigkeit betroffen, aber das würde bald anders werden. So plante unsere junge, politisch engagierte Lehrerin eine Stoffeinheit zum Thema: Ursachen und Gefahren der Arbeitslosigkeit im Kapitalismus. Bei den Stundenvorbereitungen qualmte der Kopf, wie man wohl Glaubwürdigkeit erzeugen kann. Da kam ihr die glorreiche Idee. Schließlich war die Mauer gefallen, also her mit einem Arbeitslosen. Das war aber auch nicht so einfach, denn schließlich kannte sie zu diesem Zeitpunkt noch gar keinen. Sie konnte sich ja schlecht auf den Ku`damm stellen und einen echten Arbeitssuchenden zur Rede stellen. Da war guter Rat teuer. Aber die Lage ist ja erst dann besch..., wenn wir uns nicht zu helfen wissen. Das galt auch zu Wendetagen, oder vielleicht auch gerade in dieser Zeit. Zumindest kannte unsere Lehrerin schon einen Mann, den es bald mit einer Entlassung treffen könnte. Sozusagen ein Fastarbeitsloser. Das musste für den Unterricht reichen. Also auf zu ihm. Mit Freude nahm der Bekannte seine Rolle an. Rolle daher, weil alles sehr echt sein sollte und für den Unterricht auf ein Band aufgenommen wurde. Dadurch wirkte das Gespräch so schön authentisch. Herr Peter brauchte sich nicht sehr zu verstellen, denn er hatte nun doch gerade in dieser Woche erfahren, dass man im neuen Deutschland seine Arbeitskraft nicht gebrauchen wird. Trotzdem war er wie vom Blitz getroffen, dass die Situation für ihn so schnell eintrat. Die Erkenntnis, für eine falsche Sache gedient zu haben, musste erst verarbeitet werden. So war eine gewisse Grundtraurigkeit nicht gespielt, sondern echt. Denn eine Perspektive gab es für ihn nicht wirklich. Er musste einen großen Einschnitt in seinem Leben vornehmen und ganz von vorn beginnen. Der Anfang war dieses Interview.

Los ging es, das Tonband wurde eingeschaltet. Die Lehrerin hatte sich gut vorbereitet und stellte die nun mitgebrachten Fragen, wie z.B. Wie fühlen sie sich, jetzt wo ihre Arbeitskraft nicht mehr gebraucht wird? Ist es als Mann besonders schwer, von der Arbeitslosigkeit betroffen zu sein? Welche finanziellen Einschnitte wird es jetzt für ihre Familie geben? Wie soll es perspektivisch weitergehen?

Es war ein Jammer, diesem Fastarbeitslosen zuzuhören. Schnöde Welt. Wahrscheinlich wird er sich nicht neu orientieren, sondern gleich einen Strick nehmen. Sollen doch die Schüler sehen, wohin das alles führt ... Eine kummervolle Ehefrau saß beim Gespräch dabei und klapperte mit ihrer Kaffeetasse.

Zum Ende des Gespräches gab es noch ein paar gut gemeinte Tipps an die Jugend. Kinder seht euch vor! Lernt fleißig, nur die Besten schaffen es! Gebt nicht auf! Niemals! Rennen, rennen und wieder aufstehen, wenn man hingefallen ist!

Wie ging es nun weiter:
Die Stunden zum Thema Arbeitslosigkeit liefen nicht besonders. Das Interview kam nicht an.
Der authentische Arbeitslose, der zu DDR-Zeiten nichts gelernt hat, fuhr eine Zeit lang Schwarztaxi (wie fast alle mal) und machte mit 40 Lebensjahren seinen ersten Berufsabschluss nach. Er hat für sich beschlossen, ab sofort in einem völlig neuen Gebiet zu arbeiten. Er berät die Leute mit Sachkenntnis und verkauft Versicherungen. Vielleicht war er auch schon bei Ihnen. Beruhigend ist, dass er seine Arbeitskraft nun doch gebraucht wird, dass es ihm gut geht, seine Familie nicht am Hungertuch nagt und dass es sicher auch in den nächsten Jahren irgendwie weitergehen wird. Das haben die Schüler aber nicht mehr erfahren. Es gab zu dieser Zeit schon nicht mehr die Klasse, der politischen Unterricht wurde abgeschafft, diese Schule aufgelöst.
Eine neue Ära begann.

Nachtrag:
Heute hat man Politik als Fach wieder eingeführt und die Lehrerin kennt einige der vier Millionen Arbeitslosen in Deutschland.

$\mathcal{V}$erschwunden

Ein Höhepunkt im Schulalltag ist für alle Beteiligten ein Wandertag. Die Schüler freuen sich mal in die große weite Welt zu kommen und nicht nur immer die Tafel und den Lehrer zu sehen. Auch die Lehrer freuen sich, weil sie zu diesem Tag keine Unterrichtsvorbereitungen machen müssen und vielleicht etwas eher Feierabend haben.

So sind alle zufrieden. Wenn nichts dazwischenkommt…

Eine DAZ-Klasse (Deutsch als Zweitsprache) mit schon fast erwachsenen Schülern plant einen grauen Herbsttag mit einem Besuch im Botanischen Garten aufzuhellen.

So trifft man sich in der Nähe der Schule und fährt vom Bahnhof Lichtenberg nach Dahlem. Viele staunen, denn so weit weg von ihrer Wohnung, waren sie noch nie in Berlin. Es wird ein richtig schöner und auch erholsamer Tag. Nach dem Verabschieden erklärt die Lehrerin zwei Mädchen noch den Heimweg. Sie kommen aus Pakistan und sind erst seit Mai in Berlin. Daher sind sie noch ein wenig unsicher in einer solchen großen Stadt. Sie lebten in einem abgelegenen Dorf in den Bergen. Also erklärt ihnen ihre Lehrerin, dass sie nur noch eine Station weiterfahren müssen, um nach Hause zu kommen. Alles kein Problem!

Stunden vergehen. Die Lehrerin sitzt zu Hause an ihrem Schreibtisch und bereitet den Unterricht vor, da kommt ein Anruf von der Polizei. Was einem nicht alles gleich durch den Kopf geht: Unfall, Auto, Fundsachen usw. Aber auf den wahren Grund wäre sie wahrscheinlich nie gekommen.

Der Vater der beiden Mädchen sitzt bei der Polizei und ist sehr verzweifelt. Sie sind nach dem Wandertag nicht zu Hause angekommen und seit Stunden wartet er auf sie. Wo könnten sie nur sein? Es muss was passiert sein!

Da die Lehrerin sie als Letzte lebend gesehen hat, muss sie zur Aussage aufs Revier.

Dort ist Endzeitstimmung, denn wenn die beiden weg sind, dann sind sie wirklich weg. Und Berlin ist groß! Alle Formalitäten werden erledigt, dann gehen Vater und Lehrerin nach Hause. Die Polizei fängt mit der Suche nach den Jugendlichen an.

Gerade zu Hause angekommen, geht wieder das Telefon. Entwarnung, die beiden sind wieder da.

Was wirklich passiert ist, wird die Lehrerin nie erfahren, da die Mädchen auch nicht genau wussten, was ihnen widerfuhr. Das, was ihnen geschehen ist, konnten sie nicht verständlich wiedergeben. Aber soviel ist klar:

Sie haben sich wohl bei der einen Station verzählt. Sie sind erst später ausgestiegen und kannten die Umgebung natürlich nicht. Ein normaler Mensch wäre in die Gegenrichtung eingestiegen und wieder zurück gefahren, aber sie nicht. Vielleicht wollten sie auch nicht. Vielleicht wollten sie Berlin allein erkunden. Irgendwann haben sie versucht, jemanden nach einem Weg zu fragen. Aber der Gefragte hat sie wohl auch nicht genau verstanden, sie in einem Bus gesetzt und mit dem sind sie gefahren und gefahren, wohin, dass weiß keiner. Wahrscheinlich noch nicht einmal sie.

Irgendwann stiegen sie aus und irrten umher.

Aber wie im Märchen gab es ja ein gutes Ende. Berlin ist eben auch nur ein Dorf. Die Mädchen sind auf wundersame Weise wieder in Lichtenberg angekommen, die Lehrerin kann sich vom Schock erholen und der Vater geht sicher mal mit ihnen U-Bahn-Fahren üben.

Beim nächsten Wandertag wird alles anders …

*W*under gibt es immer wieder

Seitdem sie eingeteilt wurde Ausländerklassen zu betreuen, ist alles anders.

Früher ging sie morgens entspannt auf Arbeit, hat ihre Stunden erteilt und ging dann nach Hause. Viel zu einfach. Heute ist sie sportlich durchtrainiert und kennt viele Filialen. Und das kam so …

Vor einigen Jahren bekam die Schule das Angebot, sich weiter zu profilieren, indem man Klassen für ausländische Schüler eröffnet. Diese sollen die deutsche Sprache je nach Alter innerhalb von maximal zwei Jahren erlernen. Man fand die Idee gut und suchte nun Lehrer, die diese Aufgabe übernehmen wollen. Ein wenig merkwürdig war es, wie sie zu diesem Job kam. In der Pause, beim Vorübergehen fragte die Schulleiterin: „Würde es dir etwas ausmachen, Ausländer zu unterrichten und ihnen Deutsch beizubringen?" Nicht ganz bewusst dessen, was die Antwort für Konsequenzen haben würde, antwortete Frau Neillag: „Nö, natürlich nicht." Und schon hatte sie nur eine Woche später gleich zwei Klassen zu betreuen. Die eigentliche Schule reichte räumlich gerade mal für die Regelklassen aus. Also suchte man sogenannte Filialen und fand gleich mehrere in der „näheren Umgebung" in anderen Gebäuden.

Für unsere Kollegin hieß es daher: Erst einige Stunden in der Stammschule, dann in die Filialen und im schlimmsten Fall an einem Tag auch wieder in die Schule zurück. Das erforderte eine gute Kondition. Auf Grund der vielen zu erteilenden Pflichtstunden kann man auch keine „Wegestunden" planen. Also flotte Füße! Was man in 10 Minuten alles schaffen kann. Man muss seine sieben Sachen packen, dann ca. 500 Meter weiter zur nächsten Schule laufen und dann wieder in den Unterricht gehen. Zehn Minuten sind länger als man glaubt. Also keine Schwäche zeigen!

Nun kam es eines Tages, dass die Kollegin nicht so flott drauf war und sie kam ganz schön spät zur nächsten Stunde in die Filiale angehechelt. Aber sie kam an. Es werden da

Geschichten von einem anderen Kollegen erzählt, der regelmäßig bei ihrem Gang von einer Filiale in die andere des Öfteren mal am Dönerstand nicht vorbeikam … Ein Blick in den Stundenplan sagte ihr: Jetzt ist Erdkunde dran. Das sagte ihr wiederum auch, dass einiges Material für den Unterricht benötigt wird. Ihre Suche wird durch das Stundenklingeln unterbrochen. „Keine Panik! Ganz ruhig bleiben!", sagt sie sich. Als sie Klassenbuch, Unterrichtsvorbereitungen, Globus und eine große Rollkarte zur Hand hat, geht es ab in die Klasse. Zwar verspätet, aber immerhin mit allen Sachen. Sie macht die Tür zum Raum auf und siehe da … da wird eine Klasse schon unterrichtet. Sorry! Kurzes Überlegen. Sie hat sich wohl in der Tür geirrt. Nach kurzem Grübeln fällt ihr noch der Raum in der ersten Etage ein, in dem sie auch viele Unterrichtsstunden hat. Also mit allem Gepäck wieder die Treppe runter. Vorsichtig lugt sie durch einen Türspalt. Aber sie stört keinen, denn der Raum ist leer. Echte Panik kommt auf. Die Zeit läuft und läuft. In der großen Schultasche sucht sie nun ihren Lehrerkalender, um nach dem richtigen Raum zu gucken. Kennen Sie die Tage, an denen alles schief geht? Der Kalender war natürlich in der anderen Filiale.
Nun hilft nur noch ein dritter Versuch. Also wieder mit Mappe, Hefter, Globus und großer Karte auf zu einem anderen Raum. Während sie „Hoffentlich sieht mich keiner umherirren!" denkt, steht sie in der dritten Etage vor dem nächstmöglichen Raum, aber auch der ist mit einer Klasse und einem Lehrer besetzt.
Nun reicht es! Wieder im Lehrerzimmer angekommen, wirft sie ihre Utensilien in loser Reihenfolge in die Ecke, lässt sich auf den nächsten Stuhl fallen und beschließt endlich ganz in Ruhe eine Tasse Kaffee zu trinken. Zu ihrer großen Überraschung machen sich auch keine Schüler bemerkbar, die ohne Lehrer sind.
Da kommt man nach über 25 Dienstjahren ins Grübeln. Wo liegt des Rätsels Lösung?
Allein kann sie es nicht lösen. Missgelaunt bereitet sie sich auf die nächste Stunde vor und hofft nun, sowohl Klasse als auch den richtigen Raum zu finden.

Gerade als sie sich auf den Weg zur nächste Stunde machen wollte, kam Herr Nolte ins Lehrerzimmer.

„Stell dir vor, ich dachte doch glatt ich hätte jetzt eine Freistunde. Dabei hatte ich die in der vorigen Stunde frei. Aber da war ich in der 8A und habe Geschichte gegeben. Man bin ich blöd. Komisch nur, dass der eigentliche Lehrer, der in der Klasse gehabt hätte, nicht kam. Na, der kann was erleben.

„WEIßT DU, wer ES sein könnte?"

$\mathcal{W}$erbung

Nichts gegen Werbung. Wir sind ja alle dafür empfänglich – mehr oder weniger.

Aber bei manchen Werbespots möchte man doch gleich ein Einkaufsverbot verhängen:

z.B. bei „Melitta".

Lehrer - kauft niemals Melitta-Kaffee!

Die Erfinder der verschiedenen Spot-Geschichten müssen irgendwie schulgeschädigt sein. Der Apfel fällt nicht weit vom Baum. Der Vater wirkt ebenso gestört wie der Sohn. Eine Mutter scheint es in diesem Haushalt nicht zu geben, oder die hat bei diesen beiden Psychopaten schon das Weite gesucht.

Hier ein paar Beispiele aus der Kaffeefamilie:

Der Sohn verklickert dem Vater, dass er in der Mathematikarbeit eine „Fünf" bekommen hat. Natürlich bei einer Tasse Kaffee, die er eben selbst für den Vater gekocht hat. Der Vater reagiert ganz selbstverständlich mit … einem Lachen. Vielleicht war er früher auch schlecht in diesem Fach und denkt, dass das normal ist. Oder er ist einfach mal nur froh, dass sein Sohn im Alter von ca. 10 Jahren schon allein eine Kaffeemaschine benutzen kann.

Schlimmer kommt es in den Ferien. Der Sohn zählt sein 10-Punkte-Programm auf, dass er mit seinem Vater abarbeiten möchte. Dieser lächelt wieder dümmlich, bekommt keinen Satz zustande, wird aber wiederholt mit einer Tasse Kaffee unter Drogen gesetzt.

Kein Wunder, wenn solche Erziehungsberechtigten froh sind, dass es keine Ferien gibt oder der Samstagsunterricht wieder eingeführt wird.

Dem Lehrer müssen aber die Missstände der Familie auch schon aufgefallen sein, denn nun kommt es ganz dicke. Er bestellt den Vater in die Schule. Mit der laxen Formulierung: „Du Vati, der Lehrer hat dich zu seiner Sprechstunde eingeladen!", wird eine erneute Tasse Kaffee

gereicht. Leider erfahren die Warenendverbraucher vor der
Glotze nicht, wie das Gespräch abläuft. Wird der Lehrer mit
einer Packung Kaffee bestochen?
Wahrscheinlich packen Sohn und Vater ihre Kaffeemaschine
ein und versuchen nun den Pauker damit zu beruhigen.
Schließlich klappt es beim Vater ja auch ganz gut. Oder
wollen sie ihn von dem Melittazeug abhängig machen? Eklig!
Man darf gespannt sein, wie es mit diesem Männerhaushalt
weitergeht. Vielleicht wäre eine Entziehungskur für den Vater
und die Einführung einer erziehenden Mutter für den Sohn
für alle Beteiligten die beste Variante.

Ich habe noch eine Lieblingswerbung, in der man mal wieder
erlebt, wie das Schicksal zuschlägt. Lehrer nehmt euch in
Acht.
Da steht eine kleine fette, aber sehr von sich überzeugte,
weibliche Person in einer IKEA-Küche und sendet eine
Botschaft an ihre alte Lehrerin. (Ich war es nicht.)
„Sehen sie Frau Berger !!!! Sie haben immer gesagt, aus mir
wird nie etwas werden. Nun sehen Sie, ist das nichts?"
Dabei reist sie nach und nach ihre Schranktüren und
Schubladen auf und versucht sich lasziv an der Arbeitsplatte
entlang zu wälzen, was nur halbwegs gelingt. Bei der letzten
Tür wird es mir klar.
Ihr fehlen einfach ein paar Tassen im Schrank!

Und dann ist da noch der Enkel, der seinen Großvater fragt:
„Opa warum siehst du auf den Bildern so bescheuert aus?"
Na klar, weil es damals noch keine Brillen von Fielmann gab.
Ist es respektlos einen altern Herrn mit Worten wie
„bescheuert" zu bombardieren? Opa lächelt natürlich, anstatt
ausdruckstechnisch einzugreifen. Schade, das Kind hat leider
keine Brille, sonst hätte man sich später mal bei ihm
revanchieren können. Gut das es Fielmann gibt, nun sehen
die Menschen nicht mehr hässlich aus.
Es verwundert, dass der Opa nicht mal Lehrer war. Der
Berufsstand wird in der Werbung immer wieder besonders
strapaziert. Ob Lehrer die besten Konsumenten sind? Oder

sieht man sie als Sündenbock? Passend zum Kaffee (siehe oben) gibt es in einem anderen Werbespot Kekse für den Lehrer. Die Story geht so:
Ein Mann mittleren Alters steht völlig verängstigt im Schulflur. Offensichtlich geht er ungern in die neue Klasse. Ein Kollege älteren Datums lächelt ihm dümmlich beim Vorbeigehen Mut machend zu. Unser Lehrer atmet noch einmal tief durch und betritt dann den Klassenraum. In ihm sitzen ein paar freundlich grinsende Zehnklässler. Der Neuankömmling geht langsam und noch immer verhuscht zu seinem Schreibtisch – und nun, wir nähern uns dem Höhepunkt der Handlung, ändert sich die düstere Grundstimmung. Ursache dafür ist die Kekspackung von Bahlsen, die für ihn als Geschenk daliegt. Nun ist der Damm gebrochen. Der Lehrer lächelt erstmals, bekommt beim blanken Anblick des Geschenkes einen Energieschub und nimmt kraftvoll sein Tageswerk in Angriff.
Aufgepasst ihr Lehrer: Bahlsen ist also das Geheimnis. Seid ihr mal schlecht drauf, esst Kekse. Aber Vorsicht! Liegen sie schon auf eurem Pult, dann könnten sie auch eine Endlösung für die Schüler darstellen: Gift!!!!
Leider erfahren wir nicht, ob der Pauker noch die nächste Pause erleben wird.

Apropos sich nicht wohl fühlen!
Was ist die Volkskrankheit der Lehrerschaft? Na klar, Kopfschmerzen.
Auch hier gibt es einen Werbespot.
Eine Lehrerin ist umgeben von freundlichen, aber lauten Kindern in einer Grundschule (bis hierher sehr realistisch). Die Kinder stürmen zur Pause und was macht die gebeutelte Kollegin?
Sie hat Kopfweh und muss nun unbedingt eine „Thomapyrin"-Kopfschmerztablette nehmen.
Schließlich will sie ihren weiteren Unterricht in guter Qualität fortsetzen. Beim nächsten Kameraschwenk sehen wir sie wieder zum Leben erwacht und voller Kraft bei der Korrektur von Diktaten. Danke Pharmaindustrie, dass es dich gibt.

Keine Werbung gibt es für das Lehrerhasserbuch! Einfach
ignorieren!

Heute schneite uns ganz spontan folgende Werbung über den
Briefkasten ins Haus:
(kein Witz)
„Abwchslngsrche Arbitsmtrlien und vle aktlle und intrssnte
Thmn fr ihe Untrrchtsgstltng!
Sparen, wo man kann? Aber nicht an der Qualität der
Inhalte!"
Diese einfallsreiche Werbung hat uns der Oldenburg
Schulbuchverlag beschert. Genial oder bescheuert?

Und dann sind wir ja auch noch Deutschland! Ich bin
Deutschland, du bist Deutschland, wir sind Deutschland ...
Ich bin mir da nicht so sicher, da ich Werbung gelegentlich
nicht verstehe. Kennen Sie die Werbung, wo eine Weißwurst
gegen eine Wand gefahren wird? Das ist Deutschland, oder
genauer gesagt, das sollen deutsche Autos sein. Ich fahre
einen „Franzosen". Ich hasse Opelfahrer, aber das tut hier
nicht zur Sache.
Da sind auch noch die deutschen Erfindungen. In Berlin
kann man sie überdimensional ansehen. Als Bestandteil des
sogenannten Walk of Ideals, der Imagekampagne von
Bundesrepublik und Wirtschaft zur Fußballweltmeisterschaft.
Sie stehen und liegen in der Stadt herum. Da sind die
aufgestapelten Bücher auf dem Bebelplatz. Sie stehen für die
Erfindung des Buchdrucks. Es gibt auch die Spalttablette
(wahrscheinlich für Lehrer) von Bayer. Sie steht am Spreeufer
in der Nähe des Kanzleramtes. Nicht zu vergessen Einsteins
berühmteste Formel E = m·c² im Lustgarten. Wir sind
Deutschland, weil bei uns die Fußballweltmeisterschaft
ausgetragen wird. Daher auch die Fußballschuhe von Adidas
am neuen Hauptbahnhof von Berlin. Ein Schuh in Größe
2006 steht auf dem Rasen, einer liegt. Wahrscheinlich der von
Ballacks kaputten Bein bzw. Wade. Auch das ist Deutschland.

Aber ganz echt Deutschland ist, wenn samstags am Abend die Opelfahrer ihre Autos gewienert haben und sich eine Molle gönnen. Und dann wird gegrillt und Fußball geguckt. Das ist Deutschland.

Heute Nacht war ganz viel Deutschland! Es spielte die deutsche Mannschaft gegen die aus Polen. Da ich allein zu Hause war, wollte ich zeitig ins Bett gehen. Anbetracht der 32 Grad Celsius riss ich das Fenster genüsslich auf und versuchte zu schlafen. Ich hörte aber über den Hof diverse: Ohhhh, ahhhhhh, jaaaaaa, neinnnnnnn usw. Eine Weile hörte ich mir das Geschrei eines nahen Nachbarn an, dann beschloss ich, mir den Rest des Spieles mit anzusehen, denn an Schlaf war nicht zu denken.

Gesagt, getan. Spannende 30 Minuten vergingen und nach vielen verpassten Gelegenheiten, trafen in der Verlängerungszeit die Deutschen endlich das Tor. Ich hörte wieder gewissen Nachbarn und ganz viele andere Nachbarn auch. Aus der ganz in der Nähe befindlichen Kneipe hörte man Geschrei und Knaller. Na, gut. Immerhin sind wir ja nun im Achtelfinale. Ich kann mich auch mitfreuen. Dann kam mein Mann nach Hause, der mit Freunden das Spiel „auswärts" geguckt hatte. Kurzer Plausch, aber nun ging es ab zum Schlafen. Daran war aber nicht zu denken. Nun ging die Feierei in der Umgebung erst richtig los. Nach Mitternacht wurden aber alle Deutschen müde und endlich irgendwann zog Ruhe ein. Danke!

Das kann ja bis zum Finale noch heiter werden!

X-mas - alle Jahre wieder

19.12.03

Da morgen die Weihnachtsferien beginnen, war heute in der Schule große Aufregung. In allen Zimmern wurde geknistert, geschenkt und gefeiert.

Ich spielte wieder den Weihnachtsmann und das anscheinend gut, denn von den Lehrern hat mich kaum jemand erkannt. Die Kinder ab der zweiten Klasse riefen schon auf dem Flur: „Hallo Frau Loebe!".

Mein Auftritt war aber in der ersten Sonderschulklasse, die der Maskerade zwar kritisch gegenüberstanden, aber sich reich beschenken ließen. Da durch den einsetzenden Schweißfluss sich langsam meine Augenbrauenwatte ablöste, musste ich einen Handschuh ausziehen und sie andrücken. Daraufhin sagte ein Schüler: „Du bist ja eine Frau?" Ich fragte: „Wie kommst du darauf?" „Na, du hast ja keinen Bauch!" Ich war erleichtert, dass es nichts Schlimmeres war und erfreut, dass meine Pfefferkuchenmurmel durchs Kostüm versteckt blieb. Ich konnte den Schüler beruhigen, dass der Weihnachtsmann nur durch den Stress so abgenommen hat.

Beim weihnachtlichen Singen in der Aula verriet mir dann die Klassenlehrerin, dass ein Schüler nach meinem Abgang zu ihr gekommen ist. Er hatte mich direkt erkannt, weil er die Ringe an meiner Hand gesehen hat. Gut beobachtet!

Das weihnachtliche Singen und Musizieren war toll. Nur etwas lang. Nach einer halben Stunde verließ ich die Aula und verpasste so die andere Hälfte der Lieder.

Frohe Weihnachten!

22.12.04

Ich habe es geahnt. Obwohl ich mich ganz leise und zurückhaltend zum Thema Weihnachtsmann verhielt, kam die Frage, vor der ich mich fürchtete: „Sag mal, kannst du in meiner ersten Klasse nicht den Weihnachtsmann spielen?"

Leider fehlt mir das Gen zum Nein sagen und ich erklärte mich bereit, am letzten Schultag in Verkleidung zu erscheinen. In der Nacht davor träumte ich bereits schlecht davon. Außerdem machte ich mir Gedanken darüber, was ich an meinem Outfit verändern könnte, damit mich nicht wieder einer aus dieser Schlüpferbrigade erkennt. Ich griff zum Äußersten und setzte neben Kapuze, Mantel, Bart und Mütze auch noch eine Sonnenbrille auf und zog mir Handschuhe an. Mit dieser Mission gefährdete ich mich extrem, denn mal abgesehen von der Aufregung, transpiriert man extrem stark. Mit der großen schwarzen Sonnenbrille sah ich wie ein übler Gangster aus dem „Paten" aus. Fehlte nur noch die MPi. Mein unbewaffneter Auftritt dauerte 20 Minuten und ich hatte etwa ebenso viele Liter Körperflüssigkeit abgegeben. Abgenommen habe ich aber trotzdem nicht, denn ich habe mir auch noch eine dicke Decke als Bauch unter den Mantel gesteckt. Eine Schwangerschaft mit diesen Ausmaßen ist ja beim Weihnachtsmann, biologisch gesehen, auszuschließen. Alles lief gut. Es gab die obligatorischen Forderungen nach einem Weihnachtslied und Gedicht. Wie immer wurde bei der Frage, ob alle lieb waren, frech geschwindelt. Ich musste es besser wissen, denn ich habe die Kleinen ja auch im Unterricht. Die Frage nach meiner Brille konnte ich gut beantworten. Auch Weihnachtsmänner bekommen mal eine Bindehautentzündung. Ein wenig unpädagogisch war dann allerdings meine Ausführung über die Fahrt zur Schule. In einem unkontrollierbaren Drang tat ich mich damit wichtig, bei Rot über die Ampel gefahren zu sein. Auch sonst vermittelte ich eher den Eindruck, langsam ein seniler Alter zu werden. Ich vergaß Namen, las sie falsch vor (konnte durch die Brille nichts richtig erkennen) und gab wissenswerter Weise zu, schon 360 Jahre alt zu sein. Da gab es Protest aus allen Reihen. So alt wird keine S... pardon wird auch kein Geschenkbringer. Ich musste glatt den pädagogischen Finger in die Luft strecken und sagen: „Hier wird nicht gezankt. Ich muss ja wohl wissen, wie alt ich bin. Außerdem habe ich immer recht." Basta. Damit war alles gesagt und die Bescherung konnte weitergehen.

Ich versuchte zu jedem Kind ein paar nette Worte zu finden und vergaß doch darüber zweimal meine Stimme zu verstellen. Aber es ging gerade noch gut.

Endlich war mein Sack leer und mein Gehirn auch. Ich durfte gehen. Auf dem Flur traf ich ein paar Schüler aus der Fünften. Diese riefen gleich: „Hallo Frau Loebe!". Sie mussten es ja wissen, denn schließlich bin ich der einzige Weihnachtsmann an dieser Schule. Geduldig erklärte ich ihnen wie in jedem Jahr, dass sie den Spaß mitmachen und nicht immer meinen Namen rufen sollen. Wenn das einer aus der Ersten hört, ist die ganze Illusion hin. Nach dem Stress legte ich meine Kluft ab und freute mich über die gelungene Aktion.

Ich bitte um weihnachtlichen Nachwuchs für das nächste Jahr! Vielleicht werden Weihnachtsmänner doch schwanger. War ein Witz!

21.12.05

Alle Jahre wieder!

Es gibt keinen weihnachtlichen Nachwuchs (auch keinen pädagogischen, da noch immer ein Einstellungsstopp besteht) und so musste ich wieder als alter Weihnachtsmann ran.

An meinem Outfit konnte ich eigentlich kaum noch etwas verbessern. Es ist fast perfekt. Die Decke als Bauch hatte sich bewährt und um einen besseren Halt für sie zu erzeugen, schnallte ich mir einen dicken Ledergürtel um, an dem ich einen kleinen Sack mit Süßigkeiten steckte. Man muss sich jährlich steigern. Meine Proberunde ging wie jedes Jahr in den Bürotrakt. Wie immer sagt unser Sekretär: "Ich hätte dich fast nicht erkannt!" Meine Chefin lief mir auch vor die Füße und ich nutzte die Chance sie zu fragen, ob sie auch immer lieb gewesen sei. „Natürlich!" behauptete sie. Trotzdem bekam sie was aus meinem Säckchen.

Nun fühlte ich mich fit genug, zum Generalangriff überzugehen. Langsam haben auch die älteren Klassen es gelernt, nicht „Frau Loebe!" zu rufen und spielen das Spiel mit. Brav werde ich mit „Hallo, Herr Weihnachtsmann" begrüßt. Na geht doch. Es braucht eben alles seine Zeit. Ich zog meine Runden durchs Schulhaus und näherte mich meinem Endziel, wieder eine 1. Klasse. Diese sollte ich bescheren. Die Lehrerin hat mir zu jedem Schüler etwas aufgeschrieben, was nun im silbernen Buch steht. Es war wie immer ein Erlebnis. „Bist du der echte Weihnachtsmann?" „Na klar!" „ Du hast ja so einen dicken Bauch!?" In Anspielung auf die vielen Geschenke der vietnamesischen Kinder schob ich es auf die gegessenen „Flühlingslollen". Jedes Jahr die gleichen Dialoge. Ein Gesetz der Serie. Kurz vor dem Ziel gab es einen kleinen Endspurt! Beim Verlassen des Raumes höre ich gerade noch einen Kleinen sagen: „Das war doch Frau Loebe, oder?" Woran hat er mich erkannt? Ich raste im D-Zug-Tempo in meinen Raum, riss mir die Verkleidung vom Leib und auf dem Rückweg wieder zum Klassenraum schmiss ich mir mein Kleid über. Etwas derangiert, aber sehr schnell, trat ich in den Raum. Allen klappte die Kinnlade runter. Dann muss es vorhin wohl doch der richtige Weihnachtsmann gewesen sein.

An diesem Tag bekam ich viele Geschenke in meiner Klasse und ganz viele schon erwähnte „Flühlingslollen!", die von den vietnamesischen Muttis mitgeschickt werden.. Nun habe ich wirklich einen solchen dicken Bauch. Gefreut habe ich mich auch über folgende Zeilen:
„Liebe Frau Loebe, ich wünsche ihn Fröhliche Weihnacht. Viel Gesundheit wünsche ich sie auch." Danke!
Vielleicht sollte ich lieber mehr Deutschunterricht geben, als in die Rolle alter Männer zu schlüpfen.
Im nächsten Jahr versuche ich die Rolle des Weihnachtsmannes unserem neuen Kollegen überzuhelfen. Schließlich ist er doch ein Mann.
Ich gehe als Weihnachtsmann in Pension.

Yesterday

Lehrer zu sein, wird ja von vielen Außenstehenden als der Traumberuf schlechthin bezeichnet. Die alte Leier: Der Lehrer wurde geboren, machte Ferien und starb. Dazwischen spielt er ab 12 Uhr noch Tennis.

Es ist noch nicht lange her und samstags zogen wir Lehrer mit Sack und Pack auch an diesem wunderbaren Tag in die Schulen. Keiner wollte da mit uns tauschen.

Mit Grauen denke ich an diese Zeit. Besondere Freude war auf Seiten der Lehrerehepaare, die im DDR-Durchschnitt zwei Kinder hatten. Eigens dafür öffnete eine Kindereinrichtung im Stadtbezirk. Wenn irgendwie möglich vermied man aber diese Variante, schließlich sollten unsere Kinder ja auch am Wochenende ihren Spaß haben. Und den hatten sie!

Gerecht wurde aufgeteilt. Du nimmst Maria mit, ich nehme Ralf mit auf Arbeit. So mussten diese unschuldigen Lehrerkinder schon vor ihrer Schulkarriere stundenlang das Schulgeschehen miterleben. Maximal vier Unterrichtsstunden lagen an. Standardprogramm für die Lehrerkinder: eine Stunde malen, eine Stunde Bücher angucken, eine Stunde an die Tafel kritzeln und eine Stunde extremes Nerven: „Ich will nach Hause." Erstaunlich, wie geduldig und manchmal auch tolerant die echten Schüler damit umgingen. Wäre das heute noch möglich?

Bei einem Langeweileanfall lief mein vierjähriger Sohn durch die Bankreihen und suchte in den Schultaschen nach einer geeigneten Zwischenmahlzeit, die er in Form eines Apfels fand und zu sich nahm - leider ohne vorher den eigentlichen Besitzer zu fragen…

Manchmal meinten die Kleinen auch in den pädagogischen Prozess eingreifen zu müssen, sozusagen zur Unterstützung der elterlichen Arbeit.

Eine Kollegin berichtete von ihrem Unterricht in der 10. Klasse. Ihr Sohn spielte die ganze Zeit in der Nähe des

Lehrertisches. Mit einem Mal war er verschwunden. Er war auf allen Vieren durch die Sitzreihen gekrochen und bei einem Schüler in den hinteren Reihen angekommen. Wichtige Botschaft für diesen: „Du, hier wird nicht gekippelt!"
Eine andere Variante der Samstagsgestaltung war der „fliegende Wechsel". Ein Lehrerelternteil ging die ersten Stunden arbeiten, die Kinder wurden im Vorbeigehen überreicht oder vorübergehend bei netten Nachbarn geparkt. Möglich war dies jedoch nur, weil wir in einem Stadtbezirk arbeiteten und daher relativ kurze Arbeitswege hatten. Außerdem setzte es das Wohlwollen der Direktoren der betroffenen Schulen voraus und eine logistische Meisterleistung bei der Planung durch telefonische Absprachen.
Befreit von diesen Lasten wurden wir und unsere Kinder durch die Umgestaltung des Bildungssystems nach der Wende. Der Samstag gehört der Familie und so sollte es auch bleiben. Na schauen wir mal!

Zitate über die Jugend und über die Lehrer

„… die Schüler achten Lehrer und Erzieher gering.
Überhaupt, die Jüngeren stellen sich den Älteren gleich und
treten gegen sie auf, in Wort und Tat."
(Platon)

„Kinder sind Rätsel von Gott und schwerer als alle zu lösen,
aber der Liebe gelingt es, wenn sie sich selber bezwingt."
(Friedrich Hebbel)

„Die Welt macht schlimme Zeiten durch. Die jungen Leute
von heute denken an nichts anderes als an sich selbst. Sie
haben keine Ehrfurcht vor ihren Eltern oder dem Alter. Sie
sind ungeduldig und unbeherrscht. Sie reden so, als wüssten
sie alles, und was wir für weise halten, empfinden sie als
Torheit. Und was die Mädchen betrifft, sie sind unbescheiden
und unweiblich in ihrer Ausdrucksweise, ihrem Benehmen
und ihrer Kleidung."
(Mönch Peter)

„Erziehung ist die organisierte Verteidigung der Erwachsenen
gegen die Jugend."
(Mark Twain)

„Das Sittenverderben unserer heutigen Jugend ist so groß,
dass ich unmöglich länger bei derselben aushalten kann."
(ein Schulmeister)

„Was nun zunächst die jungen Leute angeht, so sind sie heftig
in ihrem Begehren und geneigt, das ins Werk zu setzen,
wonach ihr Begehren steht. Von den leiblichen Begierden
sind es vorzugsweise die des Liebesgenusses, denen sie
nachgehen, und in diesem Punkt sind sie alle ohne
Selbstbeherrschung."
(Aristoteles)

„Weg mit den Lehrern – freie Sicht zur Tafel."
(unbekannter Schüler)

„Der ist der beste Lehrer, der sich nach und nach überflüssig
macht."
(George Orwell)

„Ein Lehrer hat nur eine Sorge: zu lehren, wie man ohne ihn
auskomme."
(Andre Gide)

„Er war Mathelehrer, und sie war unberechenbar."
(mein Mann über mich?)

„Es gefällt mir kein Stand so gut, ich wollte auch keinen lieber
annehmen, als ein Schulmeister zu sein."
(Martin Luther)

„Man belohnt seinen Lehrer schlecht, wenn man immer sein
Schüler bleibt."
(Friedrich Nietzsche)

„Die Hauptaufgabe eines Lehrers ist nicht, Bedeutungen zu
erklären, sondern an die Tür des Geistes zu klopfen."
(Rabindranath Tagore)

„Die Arbeit des Erziehers gleicht der eines Gärtners, der
verschiedene Pflanzen pflegt. Eine Pflanze liebt den
strahlenden Sonnenschein, die andere den kühlen Schatten;
die eine liebt das Bachufer, die andere die dürre Bergspitze.
Die eine gedeiht am besten auf sandigem Boden, die andere
im fetten Lehm. Jede muss die ihrer Art angemessene Pflege
haben, anderenfalls bleibt ihre Vollendung unbefriedigend."
(Abbas Effendi)

LEHRER sind eine Art Amphibien.
Sie sind Erwachsene,

leben aber ganz in der Welt der Kinder.
(Autor mir nicht bekannt)

Lehrer sind Menschen die uns helfen, Probleme zu beseitigen,
die wir ohne sie nicht hätten.
(„altes chinesisches Sprichwort")

Zu guter Letzt …

Es war einmal eine kleine Grundschullehrerin, die davon träumte eine Beamtin zu werden.

Nach der Wende brachen viele Veränderungen über die illustre Lehrerschar herein. Immer wieder Neuigkeiten, immer wieder Veränderungen, immer wieder Nachdenken über Neues und immer wieder müssen neue Entscheidungen gefällt werden.

Bereits kurz nach den schulpolitischen Veränderungen wurde eine Erfassung an Schulen durchgeführt, wer Interesse hat, Beamter zu werden. BEAMTER! Das hört sich gut an. Viel verdienen, sicherer Arbeitsplatz und natürlich beizeiten eine traumhafte Pension. Angelika hatte schon viele Geschichten von Beamten im Westen gehört. Wie war es doch mit dem Kollegen, der plötzlich unter extremer psychischer Belastung litt, nur wenn er eine Schule betrat? Kalter Schweiß trat ihm auf die Stirn und der Puls raste. Beim Anblick des ersten Schülers war er dann nicht mehr in der Lage, auch nur einen Fuß vor den anderen zu setzen. Erstarrt stand er in der Vorhalle der Schule und konnte für keine weitere Handlungen mehr garantieren. Nur ein Weg zum Arzt konnte ihn noch retten. Dieser hatte ein Einsehen und schrieb ihn für lange krank. Erst Wochen, dann Monate und dann wurden es Jahre. Da versteht es sich von selbst, dass er pensioniert werden musste. Der arme Mann ist erst 48 Jahre alt. Ein hartes Schicksal. Da sitzt er nun jahrein und jahraus in Spanien und darf nicht mehr arbeiten …

Man weiß ja nicht, was einen selbst erwartet. Habe ich nicht neulich auch so ein mulmiges Gefühl beim Betreten der Schule gehabt? Schnell den Fragebogen ausgefüllt und warten, was dann passiert.

Es passierte über Monate gar nichts, etwa so, als hätte man nie was ausgefüllt. Ganz plötzlich im November kam Bewegung auf. Ein neuer achtseitiger Antrag musste ausgefüllt werden. Nun ging es richtig los. Berlin war tatsächlich daran interessiert, auch den Ostlehrern die Möglichkeit zu geben, sich verbeamten zu lassen. Damit hatte man schon nicht mehr gerechnet, denn es hält sich das Gerücht, dass Lehrer sowieso Staatsdiener sind und daher in Zukunft nicht mehr verbeamtet werden sollen. Warum dann im Osten überhaupt damit anfangen? Krampfhaft versuchten die Ahnungslosen im Osten, nähere Informationen über das Großereignis der Verbeamtung zu bekommen. Die Vorteile lagen auf der Hand. Gab es auch Nachteile? Die Zeit läuft und läuft. Immerhin ist Angelika ja nicht mehr die Jüngste, so kurz vor der Vierzig.

Egal, was den Westkollegen nicht geschadet hat, kann auch ihr nur gut tun.

Gesagt getan. Die Unterlagen wurden eingereicht und sie erhielt eine Einladung zur amtsärztlichen Untersuchung. Kein Problem, als Sportlehrerin war sie fit wie ein Turnschuh.

Am Dienstag war es dann soweit. Geschniegelt und gebügelt steht sie vor dem Behandlungszimmer der Lichtenberger Amtsärztin Frau Dr. Schmalhans. Sie muss sich ein Grinsen verkneifen. Für seinen Namen kann ja keiner. Und Hans wird sie ja nicht sein, denn sie ist eine Frau. Ehe sie weiter über den Namen sinnieren kann, wird sie hereingerufen. Vor ihr steht eine Frau Doktor, die den Namen „Schmal"hans wohl verdient hat. Eigentlich sieht man nur einen weißen Kittel. Bei genauem Hinsehen steckt wirklich jemand drin. Der kleine Hans ...

Die Vernehmung beginnt. Und zwar ganz am Anfang – nämlich im Babyalter. Kinderkrankheiten, Krankheiten der Eltern, Großeltern ... aktuelle Beschwerden ... natürlich offiziell keine.

„Größe?", schmettert ihr der Kittel entgegen. „Äh 1,68."
„Gewicht?" geht das Verhör weiter.

Hat sie richtig gehört? „Wie bitte?", fragt sie nett nach. „Ihr Gewicht brauche ich", antwortet die Ärztin.

Tja, dass sie nicht lacht. Sie braucht das Gewicht. Na gut, die Hälfte kann sie ihr gern abgeben. Aber nicht umsonst. Sie glaubt Tatsache, dass sie ihr intimstes Geheimnis verraten würde? Keck antwortet sie: „Weiß ich nicht." Es war natürlich naiv zu glauben, dass für Klein-Hänschen die Sache damit erledigt wäre. „Dann kommen Sie auf die Waage". Klar. In einem ordentlichen Arztzimmer befindet sich auch eine Waage. Damit nahm das Chaos seinen Lauf. Sie steigt auf die alte Arztwaage anno dazumal und sieht die Ausgleichgewichte hin und her wandern. Kurz denkt sie an den schönen Abend gestern beim Italiener... „85 Kg!" Bong, das hat gesessen. Gibt es hier keine moderne Waage, die auch anzeigt, was alles davon Muskeln sind? Aber das hätte sie nun auch nicht mehr gerettet.

„Tja, Frau „Fastbeamtin", Sie scheinen in einem guten gesundheitlichen Zustand zu sein. Aber Sie wiegen zu viel. Damit kann ich leider kein grünes Licht für die Verbeamtung geben. Risikooooo! Wenn Sie möchten, machen wir einen neuen Termin in vier Wochen aus und dann sehen wir bei einer guten Tendenz in der Gewichtsabnahme weiter."

Wie vom Blitz getroffen sitzt sie auf ihrem Stuhl und für einen Moment glaubt sie zu träumen. Ihre Gedanken springen im Quadrat: ‚Ich bin im falschen Film. Das spielt sich hier nicht wirklich ab. Ich träume. Gleich kommt jemand, der mich weckt. Ich lasse mir von dem verhungerten Skelett, das sich vom Schatten der Salatblätter ernährt, nicht sagen, dass ich für eine Beamtenlaufbahn zu dick bin.'

In der Realität erhebt sie sich wie in Trance, nimmt die mitgebrachten Unterlagen vom Tisch und verabschiedet sich mit den Worten:

„ Komischer Staat, indem man mit ein paar Kilos zu viel Bundeskanzler, aber nicht Beamter werden kann!"

Mit Würde und ihrem Übergewicht verlässt eine angestellte Lehrerin den Raum von Frau Doktor Schmalhans.

Wenige Tage danach liest Angelika in der Berliner Zeitung, dass eine große Anzahl Ostberliner Lehrer verbeamtet werden. Die ist eine Sparmaßnahme des Senates, denn Beamte sind aktuell kostengünstiger als Angestellte, weil das Land keine Sozialbeiträge bezahlen muss. Das Problem vertagt sich dann auf die Zeitspanne, wenn die Pensionen vom Land komplett gezahlt werden müssen.

Insgeheim ist Angelika jetzt ein klein bisschen froh, keine Sparmaßnahme zu sein. Darauf stößt sie heute Abend bei ihrem Lieblingsitaliener an.

Und wenn sie nicht gestorben ist, dann lebt sie als angestellte Lehrerin auch heute noch.

Mein liebes Tagebuch!

Es passieren so viele Dinge im Alltag um mich herum, dass es nicht erstaunlich ist, das man alles wieder in kürzester Zeit vergisst.

Um Vieles ist es sehr schade, denn es sind doch gerade die kleinen Begebenheiten des Alltags, die uns erfreuen oder verärgern, oder verwundern, oder zum Nachdenken anregen.

Schuljahr 2004/ 05

Schwerpunkte:
Hitzechaos – Essen auf Kosten der Zeitung – rauchfreie
Schule – Kirchenkontakt – Fluchtunfall – diverse Probleme
mit Chirurgen – Alterserscheinungen – viele
Missverständnisse – pädagogische Erfolge – Eltern und ihre
Pünktlichkeit – 100 Bratwürste in einer Nacht –
Trennungsschmerz – Träume – Spaß mit dem Senat – Ferien

06.08.04
Nach einer fast schlaflosen Nacht gehe ich gespannt zur
Schule. Nach sechs Wochen Ferien beginnt ein neues
Schuljahr. Auf dem Weg zur Schule plagen mich
lebenswichtige Fragen: Werde ich einen guten Einsatz haben?
Wie schlecht ist mein Stundenplan? Sind alle Kollegen wieder
gesund und munter da? usw. Eine erste Überraschung ist ein
Rundschreiben von unserem Bildungssenator Böger, der das
Rauchen für alle an der Schule verbietet. Da könnte ein
Nichtraucher wie ich vor lauter Demokratie, glatt wieder zum
Raucher werden. Unglaublich! Ich denke mal, dass sich das
bestimmt nicht alle gefallen lassen. Vorbildwirkung hin und
her, man kann nicht per Dekret einfach einem erwachsenen
Menschen auferlegen, dass er bestimmten Bedürfnissen nicht
nachkommen darf. Das gilt auch, wenn es ums Rauchen geht!
So wird also mit dem heutigen Datum das Raucherzimmer
einfach abgeschafft.
Mir sei an dieser Stelle eine Voraussage gestattet: Die Lehrer
rauchen vor der Schule und vertreiben damit die rauchenden
Oberschüler, diese gehen jetzt in die Ecke des Hochhauses
gegenüber der Schule und unser Hausmeister wird jetzt noch
häufiger auswärts sein. Bingo!
Nach diversen Neuigkeiten und Berichten geht es an die
Arbeit. Leider müssen wir auf zwei Kolleginnen der
Sonderschule verzichten, weil sie heute fehlen. Der Tag zur
Vorbereitung gilt also nicht für alle.

09.08.04
Petrus hat ein Einsehen mit uns: Hitzefrei ab 12 Uhr!

13.08.04
Petrus hat auch an diesem Freitag ein Einsehen mit uns, aber
die Schulleitung nicht. Haben volle Stunden, wahrscheinlich,
weil heute alle in den Garten wollen.

17.08.04 bis 20.08.04
Unsere Schule testet, wie viele verschiedene Varianten von
„Hitzefrei" es geben kann.
Ein hervorragendes Chaos bricht aus.

18.08.04
Ich darf an diesem Tag in einem klimatisierten Raum der
Berliner Zeitung flüchten und höre mir einen Vortrag zum
Projekt „Jugend und Schule" von 14 bis 20 Uhr an.
Meine Beobachtungen:
Ich liebe ja bekanntlich die Veranstaltungen, wo ich mit vielen
Lehrern in einem Raum sitzen darf. Auch dieses Mal werde
ich nicht enttäuscht.
Ich behaupte gleich zum Anfang, dass die meisten nur
gekommen sind, weil es nach der Veranstaltung ein
Abendessen gibt. Man muss ja in harten Zeiten sehen, wo
man bleibt.
Eine weitere gute Nachricht lag auf dem Tisch. Block, Stift,
Ordner und Wandzeitung gab es umsonst. Man musste also
weder etwas mitgehen lassen, noch sich „kümmern".
Während der ersten Stunde schlich sich ein Sauerkrautbart zu
unserem Tisch, nahm sich einen Stuhl und setzte sich genau,
aber wirklich genau vor meinen Platz. Nachdem ich ihm
gesagt habe, was ich davon halte, setzte er sich direkt hinter
mich und zwar so dicht, dass wir ständig Körperkontakt
hatten. Nicht etwa erotisch, sondern eklig. Die Zeit, die er
später gekommen ist, ging er dann eher und ich konnte
wieder frei atmen. Gleich in der Anfangsphase machte die
Leiterin des Projektes den Fehler, einige Lehrerinnen zu
fragen, wie ihnen das Projekt im vergangenen Jahr gefallen

hat. Nun war für mich Sendepause und ich konnte auf Durchgang schalten, denn alle wollten sich lobend äußern. Der Profilierungsdrang von Schulschranzen ist unersättlich… Aufgeschreckt aus meinen finsteren Gedanken wurde ich durch eine aggressive Welle, die durch den Raum ging, denn es fiel der Name „Böger". Höchstwahrscheinlich waren an erster Stelle die Raucher, die ihrem Unmut Platz machten. In der Pause gab es endlich Gelegenheit auch noch den Zeitungsshop des Verlages zu plündern. Bereits in der vierten Stunde gab es diverse Abgänge. Dabei lagen an jedem Platz zwei Traubenzuckertabletten. Jetzt wusste ich wozu. Auch das Knistern beim Auswickeln dieser Drops nahm zu.

Die Krönung erlebte ich dann in der nächsten Pause. Da sehe ich doch, wie ein Kollege mit seiner Tupperware sich einer noch relativ unberührten Kuchenplatte nähert. Gerade überlege ich noch: „Nein, da denkst du zu schlecht von den Lehrern, mein Fräulein!", da passierte das Unglaubliche. Er packte sich drei Stück frischen Kuchen für später ein. Nicht auszudenken, wie groß die Schachtel dann beim Abendessen sein wird.

In der nächsten Stunde ging es um das Thema: Kurzes und mitreißendes Schreiben! Leider hatte die Referentin nicht das Thema: Wie referiere ich kurz und mitreißend. Endlich war das Werk vollbracht. Leider hat meine Planerin nicht erlebt wie lange ich hier sitzen muss, denn dann hätte ich sicher eine Minusstunde, die es für das Hitzefrei gab, gestrichen bekommen.

23.08.04

Erste Katastrophen geschehen. Eine Kollegin scheint mit den Nerven bereits am Ende. Es mehren sich die Gerüchte, es liegt am verordneten Nichtrauchen. Weitere Kollegen haben sich bereits krank gemeldet. Das geht ja gut los.

24.08.04

Heute fuhr ich mit den Tests für das Fach „Deutsch als Zweitsprache" fort. Die Kleinen aus der ersten Klasse sind super nett und eifrig. Ein Junge afrikanischer Herkunft meinte, dass das Knie eine Brust wäre und betitelte meine Lippen als Bart. Ganz schön hart. Werde mich heute rasieren und morgen einen BH tragen.

07.09.04

Das Wandertage und Exkursionen Stoff zum Schreiben bieten, ist ja nichts Neues. Man ist dann aber doch überrascht, was so alles auf einen zukommen kann…

In diesem konkreten Fall wurde ich gebeten, eine 5. Klasse in eine kirchliche Schule mit zu begleiten. Thema: Entwicklung der Schrift und des Buchdruckes. In einem schönen alten Haus empfing uns eine ältere Religionslehrerin. So wie ich mir, mit meinen Vorurteilen, sie immer vorstelle: groß, breit, mit Dauerlächeln (was ihr später bei unseren ungezogenen Kindern an diesem Tag verging) und natürlich im Trachtenlook. Darauf stehe ich besonders. Mit dem Kukidentlächeln erklärte sie uns alles und dann ging es in Gruppen zu verschiedenen Stationen. Wir aßen Bibelkuchen mit vielen Gewürzen und hoffentlich wenig Kalorien. Darin sind ja nur Sachen, die in der Bibel erwähnt werden. Ich habe noch nie davon gehört, dass in der Bibel etwas von Dickmachern steht … Auch die Ausstellung war super. Der Buchdruck wurde natürlich anhand der Bibel erklärt, auch super. Dann wurde es stressig, denn es ging ans Missionieren. Allerdings mit versteinertem Gesicht, denn das Lachen war unserer Gastgeberin wohl vergangen. Die Kinder hatten einen schlechten Tag erwischt. Sie hörten nicht auf uns, nicht auf die Gastgeberin und auch nicht auf Gott. Die Krönung war dann das Austeilen der Bibeln. Da warf ich mich dazwischen und wir regelten es so, dass nur die Religionskinder welche bekamen und die anderen stehen zur Ausleihe in der Schule bereit. Erstaunlicherweise lasen auf dem Rückweg die Schüler, die noch nie ein Buch in der Hand hatten, in der Heiligen Schrift. Vielleicht lesen wir in der Schule einfach nur die falschen Bücher …

Ich kam nach Hause und musste mich hinlegen. Das war alles ziemlich viel für einen Tag.

Da zukünftig nach solchen Exkursionen noch weiter Unterricht bis 16 Uhr stattfinden wird - eine Zumutung für die Kinder und für die Lehrer - werde ich in diesem Schuljahr keine Exkursionen mehr machen.

10.09.04

Was für eine blöde Woche. Ich saß fünf Stunden lang in Versammlungen, musste mich einer Gehirnwäsche in der kirchlichen Einrichtung unterziehen und betreue zur Zeit eine Studentin, die mich wie ein Schatten auf Schritt und Tritt verfolgt. Ich habe die Nase das erste Mal in diesem Schuljahr voll.

Freitag fünfte Stunde. Ich habe es endlich geschafft. Draußen scheint die Sonne und ich habe nur noch einen Gedanken: Weg von hier.

Ich verlasse fluchtartig das Schulgebäude, atme einmal tief durch, setze mich ins Auto und

BUMS! Beim Ausparken erwische ich das einzige Auto, das im ganzen Wohngebiet zu dieser Zeit unterwegs war. Ausgerechnet einen Mazda. Wäre es doch wenigstens ein Opel gewesen ... Also Polizei holen. Dieses Wochenende war gelaufen.

16.09.04

Heute hatte ich die zweite Gruppe der Schulanfänger zum ersten Mal in Lebenskunde (LK). Ein süßer kleiner Micha erklärte mir bereits in seinem Klassenraum, dass er nicht zu Lebenskunde will. Das war für mich neu, denn gewöhnlich kommen die Kinder gern. Ich verwickelte ihn schnell in ein Spiel und er machte begeistert mit. Eine Viertelstunde später bastelten wir Namensschilder und er sagte mir nochmals, dass er zu LK keine Lust hat, nur seine Eltern schicken ihn dahin. Mir kamen bereits Bedenken, ob es sinnvoll ist, Kinder gegen ihren Willen in meinen Unterricht zu schicken. Nicht umsonst soll er freiwillig sein. Am Ende der Stunde fragte ich ihn, ob es denn heute nicht doch vielleicht ein bisschen im Lebenskundeunterricht schön war. Er bekam große

Kulleraugen und sagte: „Ach, dass hier war Lebenskunde?!"
Er wollte nicht zu Religion.

01.10.04
Da haben wir den Salat. Nachdem ich mich in den letzten
zwei Monaten nur leidlich durch den Alltag quälte, steht es
nun fest: das rechte, bisher verschonte Knie muss unters
Messer. Das war nicht geplant und schon gar nicht gewollt.
Der Oberarzt meint, wir spülen es mal durch und dann geht
es wieder. Na, hoffen wir es. So nahm ich von der Studentin
und von den Ferien Abschied.
Einen OP-Termin für die Ferien gab es nicht mehr. Also
gleich am Montag danach auf den OP-Tisch. Na, dass werden
ja erholsame freie Tage: mit Laufen ist nicht mehr viel und
von Entspannen kann keine Rede sein. Ich habe richtige
Angst.

19.10.04
Ja ihr lieben Kinder, heute ist der erste Schultag, nun könnt
ihr euch von mir erholen und ich warte auf den Schlächter,
der an mein Knie will.

30.10.04
Um es kurz zu machen, es war furchtbar. Erst der dritte
Termin brachte mich auf den OP-Tisch. Da war das Absägen
meines Eheringes kurz vor dem Eingriff das geringste
Problem. Mit nur spülen, lieber Oberarzt, war es dann auch
nichts. Es kam noch schneiden, frisieren und neu legen dazu.
Prognose des Chirurgen: „Entspannen Sie sich. Vor
Weihnachten gehen sie nicht mehr arbeiten." Ist man im
Arbeitsprozess, dann hofft man täglich, dass die gute Fee
morgens nach dem Weckerklingeln am Bett erscheint und
einen auffordert, doch liegen zu bleiben und sich zu erholen.
Ja, mal einen Tag, aber doch nicht acht Wochen lang!

02.12.04
Nach zwanzig physiotherapeutischen Behandlungen, diversen
Arztbesuchen und einer längeren Diskussion mit dem

Chirurgen, die mit den Worten: "Wenn Sie unbelehrbar sind, dann gehen Sie eben arbeiten. Ich verspreche Ihnen: Wir sehen uns wieder!" humpelte ich zur Schule. Ich nahm die Worte nicht als Drohung, sondern freute mich darauf.

Also packte ich meinen Ranzen und ging erwartungsvoll in den Unterricht. Ich unterrichte sehr gern. Eine tolle Arbeit! Wenn es doch nur das wäre...

23.12.04
Gerade bin ich warm gelaufen, da sind schon wieder Ferien. Zuvor schlüpfte ich noch in das Weihnachtsmannkostüm (siehe Geschichte X-mas). Mein Humpeln hat sich gebessert. Daran werden mich die Kleinen nicht erkennen.

03.01.05
Neues Jahr – neues Glück, stimmt nicht. Wie gelähmt sieht man täglich im Fernsehen die furchtbaren Bilder der Flutkatastrophe in Südasien. Am zweiten Weihnachtsfeiertag kam die schreckliche Meldung, dass eine riesige Flutwelle in Folge eines Seebebens der Stärke 9 auf der Richterskala große Teile von Indien, Sri Lanka, Thailand und Sumatra überschwemmt hat. Die Zahl der Toten wurde zunächst mit 10 000 angegeben und dann täglich erhöht. Bis zu 200 000 Todesopfern wurde die Zahl korrigiert. Soweit kann ich nicht denken, es übersteigt mein Vorstellungsvermögen. Heute am ersten Schultag habe ich in allen meinen Stunden mit den Kindern darüber gesprochen, was dort passiert ist, wie schlimm es ist und wie wir helfen können. Die Anteilnahme auch von Seiten der Schülerschar war überwältigend.

Und abends werde ich wieder die Nachrichten gucken und wieder werden diese furchtbaren Bilder zu sehen sein. Obwohl die Nachrichten kaum zu verkraften sind, muss man immer noch mehr vom Elend sehen und mitleiden. Das meine Familie gespendet hat, war uns mehr als nur ein Bedürfnis. Ich überlege krampfhaft, was wir an unserer Schule gemeinsam mit den Kindern und Eltern auch langfristig als Hilfe unternehmen können. Es geht nicht um Aktionismus,

sondern um dringend benötigte Hilfe für die betroffenen Menschen dort.
Wie klein doch unsere Alltagssorgen nun erscheinen …

04.01.05
Gutes Stichwort – Alltagssorgen. Ich hatte heute welche. Ob es an dem zweiten Arbeitstag lag oder an meiner begonnenen Diät, der Kampf gegen die Pfunde nach einer bewegungsarmen Zeit mit dem Humpelbein, bleibt unklar. Vielleicht war es die Kombination von beidem.
Nach einem langen Arbeitstag und reichlichen Erledigungen bei Blume 2000, Bäcker, Plus und Rossmann komme ich endlich zu Hause an und denke nur an eins: Kaffee!!!!!!
Aber ich finde meinen Wohnungsschlüssel nicht. Nach einer längeren Suchaktion muss nun auch ich einsehen, ich habe keinen in meiner Tasche.
Ziemlich sauer setze ich mich ins Auto und fahre wieder in die Schule. Zweiter Akt, zweite Runde. Nach dem Absuchen des Parkplatzes (hoffentlich hat mich niemand im Wohngebiet beobachtet) laufe ich gewisse Stationen ab: Sekretariat, Hausmeister, Lehrerzimmer, Klassenraum. Nichts! Ich war kurz vor einer mittelschweren Krise. Konsequent wie ich bin, begann ich meine Nachunterrichtsrunde von neuem. Auf zu Blume 2000, Bäcker, Plus und Rossmann. Ohne Erfolg. Nun war ich nicht mehr vor der Krise, sondern direkt mitten drin. Zutiefst deprimiert fuhr ich zu meiner Schwiegermutti und holte den Ersatzschlüssel ab. Gerade zu Hause, mich noch ganz meinem Leid hingebend, kommt mein Mann von der Arbeit. Seine ersten Worte: „Hallo Schatz, ich habe deinen Schlüssel heute morgen in der Wohnungstür steckend vorgefunden. Da habe ich ihn in den Briefkasten !!! gesteckt." Als er mein ungläubiges Gesicht sah, sagte er noch schnell: „Hast du meine SMS nicht bekommen?"
Nein, hatte ich nicht. Zusatzfrage: Wie komme ich in meinen Briefkasten, wenn der Schlüssel drin liegt?
05.01.05

In einer meiner Lebenskundestunden ging es heute in einer zweiten Klasse nochmals um die Flut. Stundenthema: Glück im neuen Jahr. Unter anderem versuchte ich auf die Erkenntnis hinzuarbeiten, dass Glück sehr relativ ist. Ich erinnerte daran, dass die Kinder in den betroffenen Flutgebieten es sicher schon als Glück empfinden, wenn sie täglich etwas zu essen und zu trinken bekommen. Da meldet sich Ben: „Noch mehr Glück hatten sie, dass sie ihr Leben behalten haben und noch glücklicher sind sie, wenn auch andere aus der Familie mit überlebt haben." Eine Sternstunde!

11.01.05

„Neues Jahr, neue Frisur", dachte ich mir und versuchte eine Verbesserung meines Aussehens zu erreichen, indem ich zum Friseur ging. Die Prozedur dauerte wie immer lange und kostete eine ungeheuere Summe.
Am nächsten Tag sah ich in der Schule nicht wie sonst aus. Wäre ja auch schlimm nach so viel Aufwand. Ich hatte statt meiner längeren glatten Haare nun eine kürzere und lockigere Frisur. Obwohl Frisur auch nicht das richtige Wort ist, denn ich hatte ja mit den Locken schon eine gemeinsame Nacht verlebt. Also, ich sah ein wenig ungeordnet und ungewohnt aus …
Gleich nach meiner ersten Sachunterrichtstunde in der dritten Klasse kamen zwei aufgeweckte Schülerinnen zu mir und fragten mich: „Frau Loebe, haben Sie sich heute schon sehr aufgeregt?" Ich antwortete überrascht: „Nein, wie kommt ihr denn darauf?"
Antwort der Kinder: „Na, Sie sehen heute so gestresst auf dem Kopf aus."
Ich glaube, ich muss mit meinem Friseur mal ein ernstes Wort reden. Wer will denn auf dem Kopf schon gestresst aussehen?

20.01.05

Das Leben ist hart. Plötzlich und sehr unerwartet bemerkte ich in einigen Situationen, dass ich
Probleme mit dem Sehen habe. Na, nur ein bisschen. Aber das Einfädeln eines Fadens kann schon zur abendfüllenden

Aktion werden. Das Lesen und Fernsehen zugleich geht gar nicht. Die Augen können sich nur auf die Nähe oder auf die Weite einstellen. Ein schnelles Umstellen geht nicht mehr. Hilfe, ich werde alt. So geht es los. Trotz einer gewissen Ignoranz habe ich mir irgendwann einen Termin beim Augenarzt geholt. Im Unterricht ging es um Maßstäbe und ich habe eine Übung falsch an der Tafel erklärt, weil ich die kleinen Zahlen im Buch nicht so schnell erkennen konnte... Ein sehr charmanter und sympathischer Arzt nahm sich meines Problems an. Mit einem kleinen Scherz wollte er mich aufmuntern: „Na, wir werden schon eine richtige Lupe für Sie finden." Etwas humorlos erwiderte ich: „Super, habe ich auf Arbeit. Ich arbeite an einer Sonderschule für Sehbehinderte!" Der Besuch endete nicht mit der Übergabe einer Lupe, sondern einer Verordnung für eine Lesebrille. Dieses Jahr eine Brille, nächstes Jahr ein Hörgerät, dann sehen wir weiter ...

31.01.05
Nach sehr erholsamen Tagen an der Ostsee geht es in das zweite Schulhalbjahr.
Da wir auf die Faschingszeit zugehen, schob ich in der Stoffeinheit „Das Leben fremder Völker" das Indianerthema ein. Der Fasching in diesem Jahr steht unter genau diesem Motto.
In der zweiten Klasse fing ich wie immer mit meinem Fragebuch an. Ein Kind sucht per Los eine Frage aus, die wir dann diskutieren. Heute sollte es um die Frage gehen: Was macht dich ärgerlich?
Jedes Kind äußerte sich mit Begeisterung zum Thema. Eine wahre Schlammschlacht gegen Familienangehörige begann. Im Mittelpunkt aller Kritik standen die Geschwister. Vor allem kleinere Brüder und Schwestern müssen wahre Jungterroristen sein. Für einen kurzen Augenblick war ich froh, ein Einzelkind zu sein. Ein Schüler brachte mit seiner Aussage das Thema zum Erliegen: „Eins steht fest, ich schaffe mir jedenfalls keinen Bruder mehr an."

Nachdem das nun geklärt war, konnten wir endlich zum eigentlichen Thema kommen. Ich erzählte mit Hilfe von Bildern, dass die Indianer u.a. in der Prärie lebten und sehr naturverbunden waren usw. Der Höhepunkt der Stunde ist das Basteln einer Rassel und das Einstudieren eines Tanzes. Während der Bastelarbeiten fragte mich Jan: „Wie war das mit der Ruine? Welche Farben hat sie?" Ich konnte mit der Frage nichts anfangen und fragte nach. „Na, mit der Ruine meine ich. Hast du doch vorhin erzählt." In meinem Kopf fing es angestrengt an zu arbeiten. Welche nicht eindeutigen Wörter hatte ich gebraucht? Was hatte ich zu Örtlichkeiten erzählt? Mir fiel nur die Prärie ein. Als ich das Wort vor mich herbrubbelte, war der Schüler erfreut. „Ja, ja das meinte ich!" Ruine – Prärie, hört sich ja fast gleich an.

08.02.05
Helau! Heute ist Fastnacht. Nur für mich nicht. Ich habe einen Fehler gemacht. Ihn auszubaden war sehr unerfreulich und hart. Ausgerechnet mir passiert das, wo ich doch immer korrekt sein möchte. Fazit für mich: Wenn zwei das Gleiche tun, dann ist das nicht das Selbe! Man muss zu seinen Fehlern stehen. Jawohl! Nach einer Verwarnung durch die Schulleiterin gehe ich gleich viel motivierter an die täglichen Herausforderungen …

01.03.05
Wie die Zeit vergeht! Schon wird das neue Schuljahr vorbereitet. Die Atempausen sind nur kurz und der Alltag hat es in sich.
In diesem Schuljahr klappte meine Stoffverteilung für Sachkunde gar nicht. Ich habe mit dem Schwerpunkt Winter eine Menge Projekte in Angriff genommen, natürlich im Dezember und Januar. Leider machte das Wetter nicht mit. Es waren immer um die 10°C über Null. Meine geplanten Schülerexperimente wollten nicht klappen. Ohne Schnee und Eis hatte ich keine Chance für die geplanten Experimente. Seitdem aber der Frühling im Unterricht eine Rolle spielt,

haben wir schöne dauerhafte Minustemperaturen. Wonach soll man sich bei der Planung nur richten?

15.03.05
Da endlich wieder angenehme Temperaturen herrschen, bin ich mit meinen DAZ-Kindern der 2. und 3. Klasse in die benachbarte Gartenanlage gelaufen. Thema: Frühblüher. Die Kinder kennen keine Namen von Blumen und das sollte sich nun ändern. Nach einem langen und kalten Winter freut man sich über jede blühende Erscheinung in der Landschaft. Begeistert schrien die Kleinen beim Anblick von Schneeglöckchen, Primeln und Krokussen. Nur bei den Stiefmütterchen gaben sie auf, dieses Wort können sie nicht aussprechen.

17.03.05
Ereignisreiche Wochen liegen hinter uns und die Osterferien vor uns. Dank mehrfacher Unternehmungen gestaltete sich der Alltag sehr abwechslungsreich. Mit einer Klasse besuchte ich das neu gestaltete Museum für Vor- und Frühgeschichte im Schloss Charlottenburg. Es ist nach mehreren Jahren Umbau sehr schick geworden. Schön für Touristen, aber nicht für Schüler. Wir waren noch gar nicht in den heiligen Hallen, da wurden wir schon Maß genommen, ja nicht an die frischen Wände zu kommen und uns schon gar nicht an die Säulen zu lehnen. Schlimmer wäre nur noch das Berühren einer Glasvitrine. So belehrt, gingen wir mit einem etwas beklemmenden Gefühl in die Ausstellung. Ein Museum zum Anfassen war das nicht mehr. Jede Minute kam jemand vom Aufsichtspersonal und ermahnte uns. Hat sich doch ein Schüler aus Interesse ein Objekt im Glaskasten ansehen wollen! Leider ist es dabei zum Körperkontakt gekommen. So ging das eine ganze Stunde lang und ich bin mir nicht sicher, ob ich mit Schülern nochmals in diese Einrichtung gehen werde.
Dann besuchte der gesamte Grundschulbereich ein Konzert im FEZ. Es wurde „Peter und der Wolf" gespielt. Ich begleitete die erste Klasse. Nach der Ouvertüre gab es

Applaus und eine Schülerin fragte mich mit weit aufgerissenen Augen, ob wir jetzt gehen würden. Ich sagte natürlich aus Spaß: „Ja!", was ich sofort wieder bereute, da die Kleine jetzt den Tränen nahe war. Es wurde dann aber noch eine schöne musikalische Stunde mit einem begeisternden Dirigenten, der sehr kindgerecht und freundlich durch sein Programm führte.

Als dritten abwechslungsreichen Ausflug besuchte ich mit einer dritten Klasse den Betriebsbahnhof der Straßenbahn in Lichtenberg. Hier wartete eine Überraschung auf mich. Ein sehr netter und auf die Kinder eingestellter Straßenbahnfahrer erklärte fast zwei Stunden lang, was man alles an einer Straßenbahnhaltestelle entdecken kann und wie man richtig mit der Bahn fährt. Natürlich wurde auch mehrfach sachgerecht ein- und ausgestiegen. Mit Erstaunen beobachtete ich, wie begeistert die Kinder alles mitmachten. Immer zwei Schüler stellten sich an die Tür und guckten mal rechts mal links und stiegen dann aus, um gleich wieder nach rechts und nach links zu gucken und wieder einzusteigen. Nicht, dass ich es unwichtig finde. Aber wie schaffte er es, sie so zu begeistern? Von dem Mann konnten wir alle noch etwas lernen.

Eigentlich bin ich froh, mit meinem Auto unterwegs zu sein. Straßenbahnfahren scheint mir sehr gefährlich zu sein.

18.03.05

Im DAZ-Unterricht der ersten Klasse ging es um die Familien der Kinder. Geübt wurden die Verwandtschaftsverhältnisse, Namen der Familienmitglieder usw. Eine Schülerin aus Syrien erzählte von ihren sieben Geschwistern. Ihre kleinste Schwester malte sie auf das Arbeitsblatt mit einer Krone. Ich fragte nach. Sie erklärte uns, dass das die kleine Königin der Familie sei, weil sie so schöne Locken hat …

Kurz vor meinem Geburtstag kam eine meiner kleinen Vietnamesinnen aus der 2. Klasse und überreichte mir ein selbstgebasteltes Geschenk mit einem kleinen Brief folgenden Inhalts:

„Liebe Frau Löwe, ich wüsche ihn Ein schönes Geburtstag."
Ich habe mich riesig darüber gefreut.

22.03.05

Die Zeiten ändern sich! Heute ist der letzte Schultag vor den
Osterferien und irgendetwas ist anders als in den anderen
Jahren. Während mich sonst am Ferienanfang immer so ein
mulmiges Gefühl ergriff, ein Zustand zwischen endlich frei,
aber was mache ich jetzt, scheint es heute anders zu sein. Ich
habe meine 8. Stunde überstanden und bin dann nach Hause
gegangen. Einfach so, waren auf einmal Ferien. Kein
Grübeln, ob alles erledigt ist, kein sinnloses Herumhängen.
Muss man sich darüber Sorgen machen?

03.04.05

Lebenskunde in der zweiten Klasse. Wir sprechen über die
Vornamen, ihre Entstehung, Herkunft und Bedeutung. Nach
der Stunde kommt der größte Spitzbube aus dieser Klasse zu
mir. Zuvor versicherte er sich an der Tür noch einmal, ob
auch alle Mitschüler schon in die Pause gegangen sind. Dann
flüstert er mir in das Ohr: "Du, ich habe noch einen ganz
schlimmen zweiten Vornamen: Manfred." „Ach", entfuhr es
mir in vollem Bewusstsein, da dass ja ein sch… Name für
einen kleinen Menschen in der heutigen Zeit ist. Es folgte
aber auch gleich die Erklärung von ihm. „So heißt nämlich
mein dritter Papa!" Ach so! Alles klar?

11.04.05

Bei uns wird schon für das neue Schuljahr geplant. Das ist
super, aber auch aufregend. Man fragte mich, ob ich auch in
der neuen Schuleingangsphase mitarbeiten würde. Ich wäre
allerdings nur die „zweite Wahl". Nein, dass wollte ich nun
wirklich nicht sein. Wir einigten uns gütlich, gemäß dem
Motto: Schuster bleib bei deinen Leisten! Nun bekomme ich
eine vierte Klasse als Klassenlehrerin, auf die ich mich sehr
freue. Ich werde die Hauptfächer in ihr unterrichten und

tanze damit nicht mehr auf allen Hochzeiten. In diesem
Schuljahr unterrichtete ich in acht Fächern.

03.05.05
Heute saß ich mit einer Hand voll Erstklässlern (alles Jungen)
vor dem Computer und arbeiteten mit einem
Matheprogramm. Da wir sehr eng beieinander saßen, stellte
ich fest, dass ein Junge ein sehr angenehmes Deo angelegt
hat. Ich lobte also den Duft und fragte, wer Derjenige sei.
Statt einer Antwort stellten aber die Gefragten fest, dass ich
auch immer ganz toll riechen würde. „Wonach denn?" fragte
ich. Alle antworteten genüsslich im Chor: „Nach Parfüm!"
Besorgt hake ich nach: „Riecht es zu stark?" „Nein, ganz
toll!"

16.05.05
Pfingstferien, da unsere Schule durch Sportler belegt ist
(Deutsches Turn- und Sportfest in Berlin). Natürlich kann ich
als Angestellter nicht einfach frei haben. Zwei Arbeitstage
müssen rausgearbeitet werden. So bekam ich meine 29.
Unterrichtsstunde pro Woche. Ich arbeite und arbeite und
wer weiß was nach den Ferien kommt. (Nachtrag: Es kam
folgende Nachricht: Der Personalrat hat den Zusatzstunden
nicht zugestimmt. Umsonst gearbeitet? Nein, natürlich nicht.
Ich wurde gebeten, diese Stunde (LRS-Übungsstunde) doch
noch bis zum Schuljahresende weiter zu führen. Ich muss
wenig erfreut gewirkt haben, denn ich behalte die Stunde,
aber die Verwaltungsstunde für die Mediothek fällt weg.
Brauche ich in Vorbereitung der Lesenacht auch nicht, oder
doch?)

24.05.05
Heute vertrat ich eine Kollegin, die dringend aus familiären
Gründen eine Stunde später kommen musste. Ich also rein in
die 1. Stunde und Deutsch gemacht. Kurz vor Ende der
Stunde wird plötzlich die Tür aufgerissen und eine Mutter
steht mit ihrem Sohn, der diese Klasse besucht, in der Tür.
Erschrocken gucke ich und warte auf eine Erklärung. Eine

Kunstpause entsteht und dann die Bemerkung: "Ich suche die Betreuung." „Welche Betreuung meinen Sie?" „Na, die für die erste Stunde." „Ich bin die Vertretungslehrerin. Wir haben Unterricht, also keine Betreuung." Wieder kurze Pause. Dann entlud sich ein nicht jugendfreier Schimpfschwall über den armen Schüler. Ich unterbrach ihn schnell, beschwichtigte die Mutter und forderte den Jungen auf, seinen Platz aufzusuchen.
Armes Kind? Arme Mutter? Arme Lehrerin!

Die Sache mit den Eltern ist nicht so einfach…
In der Donnerstagstunde morgens um acht, kommt eine Schülerin aus der ersten Klasse regelmäßig zu spät. Einige Zeit gucke ich mir das an, aber dann trage ich der Mutti ins Hausaufgabenheft ein, dass es doch in Zukunft stressfreier für das Kind wäre, wenn es morgens in Ruhe den Schulbetrieb aufnehmen könnte. So verpasst sie auch nicht das Anfangsspiel und die Einweisung in den Unterricht. Die Woche drauf kommt sie immerhin schon zwei Minuten vor dem Unterricht. Ihre Mutti ist mit dem kleinen dreijährigen Sohnemann auch dabei. Sie fragt mich, ob es nun pünktlich genug sei. Ganz höflich und meinen Ärger runterschluckend antworte ich: „Nein!" Schulbeginn ist für alle 10 Minuten vor der ersten Stunde. Nun musste ich mir anhören, dass sie es nun wirklich morgens mit zwei Kindern nicht schaffen würde, noch eher zu kommen. Ich betrachte mir ihre gestylte Frisur und das geschminkte Gesicht und überlege, wie ich das wohl früher mit zwei kleinen Kindern geschafft habe. Die waren immer pünktlich dort, wo sie hingehörten…
Aber immerhin alles noch besser als die Erklärung von einem Jungen aus der 1. Klasse, der zu spät kam: „Papa musste noch kacken." Ich bin auch dafür, Prioritäten zu setzen.

25.05.05
Nicht nur, dass ich gerade die „Zonenkinder" von Jana Hensel lese. Gehe ich doch heute mein Mittagessen in der Küche einer Schwerstbehindertengruppe warm machen und höre das Lied „Kleine weiße Friedenstaube". Das hatte doch

was. Ich war schon immer ein leidenschaftlicher Sänger von Friedensliedern. Schön, dass man sie nicht vergessen hat, die kleine Friedenstaube.

26.05.05
Unsere zweite Lesenacht startet.
Dieses Mal machen fünf Klassen mit. Ich kaufte also für 73 Kinder Abendessen ein. Dumm nur, dass wir gerade über 30 Grad Wärme haben. Nein, hitzefrei hatten wir nicht. Gibt es nicht mehr.
Zurück zu meinen Bratwürsten und dem Kartoffelsalat. Ich versuchte also zu Hause 100 Würste in meinen Kühlschrank zu bekommen. Die 20 kg Salat mussten in den anderen Kühlschrank und die Kleinigkeiten wie Teller, Besteck, Dankeschön für den Gast und Holzkohle blieben im Auto. Morgens vor dem Unterricht, dann alles wieder nach unten ins Auto. Vor der Schule alles raus und dann alles wieder über die Etagen verteilt in die Kühlschränke. Da macht es nichts, dass man keine Zeit mehr hat zum Sport zu gehen.
Bei 33 Grad wurde am Abend der Grill angeworfen. Bei meinem Problem, alles aus den Kühlschränken wieder nach draußen zu bringen, bat ich einige Eltern, die gerade ihre Kinder zur Lesenacht gebracht haben, mir beim Tragen behilflich zu sein. Im Auge hatte ich einen 100 kg Mann mit einem Kreuz wie meine Anbauwand. Der lief allerdings vorbei, aber die netten kleinen Muttis halfen mir.
Endlich wurde gegessen und die Kinder waren begeistert. Eine Kollegin kam mit einem ausländischen Jungen zu mir und fragte: „ Stimmmmmts Frau Loebe, in der Wurst ist kein Schweinefleisch drin?" „ Neiiiiiin! Alles Pute." Oh Gott habe ich geschwindelt. Hoffentlich habe ich keine religiöse Krise heraufbeschworen.
Meine Aufgabe war es, den Senf und / oder den Ketschup zu verteilen. 73-mal fragte ich nach. 73-mal übten wir das „Bitte!" sagen und dann noch einmal alles im ganzen Satz. Das dauerte, führte aber grundsätzlich zum Erfolg. Bei Nachschlagforderungen ging es sogar sofort: „Frau Loebe, ich

hätte gern noch ein bisschen vom Senf, ... bitte." Ups, beinahe doch wieder das Zauberwort vergessen. Die Lesung durch einen Synchronschauspieler war toll, der Märchenfilm war gut und das Vorlesen für die Kleinen durch große Schüler auch. Die Lehrerinnenrunde ab 23Uhr war super und die Nacht war kurz. Um 5.45 Uhr fiel unsere Sekretärin fast über meine Beine, als sie das Lehrerzimmer lüften wollte. Wo ich doch so froh bin, dass ich in diesem Jahr alle Teilnehmer verletzungsfrei durch die Nacht bekommen habe (Zur Erinnerung: Im Vorjahr war ein Gespenst gegen die geschlossene Tür gelaufen.) Bis zum nächsten Jahr, da gibt es wieder eine Lesenacht.

04.06.05
Und wieder was zu lachen. Heute bekamen alle angestellten Lehrer gegen Unterschrift ein Schreiben von der Senatsverwaltung. Überschrift: Anwesenheitspflicht der Lehrerinnen am letzten Tag vor Ende der Sommerferien. Wir werden verpflichtet Arbeitsleistungen in der Schule zu erbringen. Mache ich das nicht schon seit vielen Jahren? Nach diesem zwei DIN-A4-Seiten umfassenden Schreiben werde ich natürlich besonders aktiv in Erscheinung treten. Ehrensache!

11.06.05
Gerüchteküche!!! Wenn sich mehrere Lehrer von verschiedenen Schulen aus unterschiedlichen Bezirken treffen, dann fliegen einem die angeblichen Neuigkeiten nur so um die Ohren. Kein Getratsche! Es sind ja auch viele Männer dabei. Der eine hat ein Schreiben von der GEW, in dem es um die Streichung des Weihnachtsgeldes nun auch für Angestellte geht. Der Andere hat gehört, dass das nächste Schuljahr für Beamte einen Tag kürzer sein soll. Außerdem liegt bei uns im Lehrerzimmer ein neues Schreiben aus, wonach bei Hitzefrei auch in der Grundschule die Eltern ihre Kinder nach Hause schicken lassen können ...

Keiner wusste jeweils von den anderen Dingen. Es ist fast so, als ob wir in verschiedenen Ländern arbeiten würden. Vielleicht ist das aber auch ganz gut, wenn man nicht alles weiß. Gemäß dem alten Motto: Was ich nicht weiß, macht mich nicht heiß!

12.06.05

Ich bin eine alte Heulsuse!
Heute gab ich meine letzte Unterrichtsstunde in der 5. Klasse. Ich kenne die Kinder seit ihrer Einschulung, denn ich kam genau in diesem Jahr an meine jetzige Schule. Die Klasse ist nicht einfach, aber ich mochte sie von Anfang an. Jeder Einzelne ist ein herzlicher Mensch an sich. Nun werden sich unsere Wege trennen. Ich gab meine (Gott sein Dank!) vorerst letzte Erdkundestunde und dann verabschiedete ich mich, kam aber nur bis etwa zum zweiten Wort meines Satzes und schon kullerten mir die Tränen. Die Klasse guckte ganz verdattert. Einen solchen Gefühlsausbruch meinerseits hatten sie nicht erwartet. Ich wurde gedrückt und bekam tröstende Worte und das tat richtig gut.

Zwei Tage später musste ich in der Klasse wieder vertreten…

15.06.05

Bleiben wir bei den Sprüchen:
Es kommt immer anders als man denkt! Und wie! Zu lesen unter dem Buchstaben „Q". Dieses Erlebnis war mir eine ganze Geschichte wert.

22.06.05

Und noch ein Spruch:
Träume sind Schäume!
Na, man wird doch wohl noch träumen dürfen. Heute am letzten Schultag dieses Schuljahres 2004/05 stellte ich mir vor:
Es ist erster Schultag des neuen Schuljahres.

Ich komme in meinen klimatisierten Unterrichtsraum und freue mich über die neuen Computer. Sehnsüchtig erwarte ich meine 18 Schüler, die diese 4. Klasse besuchen werden. Sie werden stolz ihre schönen neuen Bücher auspacken. Alle Eltern hatten genügend Geld, ihnen welche zu kaufen. Schon klopft es an der Tür und die ersten Eltern wünschen mir einen schönen Start. Eine Mutti bringt sogar Blumen mit. Die Kinder freuen sich auf das neue Schuljahr und zeigen mir ihre neu gefüllten Federtaschen. Sie erzählen aufgeregt von den schönen Urlaubsreisen, die sie mit den Eltern unternommen haben. Alle sind erholt und entspannt. Und nun geht es los …

Irgendwann mitten in den Ferien,
reicht mir mein Schwager seine „Morgenpost" mit dem Hinweis, ich sollte doch mal den Artikel über Pisa lesen.
Mir schwante schon nichts Gutes. Eine Mutter zog mit ihren zwei Kindern von Berlin nach Bayern!!! und kübelte sich nun über die alte Schule in Berlin und vor allem über die Lehrerin aus. Ihren Kindern geht es jetzt natürlich viel besser. Ein paar Beispiele, woran man das merkt: Sie machen jetzt täglich bis zu 2,5 Stunden Hausaufgaben, ein Aufsatz wird von einem Tag zum anderen aufgegeben und die Schüler springen von den Stühlen auf und nehmen Haltung an, wenn die Lehrerin mit dem Stundenklingeln! den Raum betritt … usw.
Nach dem Lesen des Artikels beschloss ich mich an die Zeitung zu wenden, was ich dann auch per E-Mail machte. Meiner Einladung in unsere Schule zu kommen und sich umzusehen, sind sie leider nicht nachgekommen.

P.S.: Vielleicht probiere ich am ersten Schultag mal die militärische Variante des Stundenanfanges aus.

Neues Schuljahr - neues Tagebuch
Schuljahr 2005/ 06

Schwerpunkte:
Mehrere Verkehrsprobleme – verschwundene Schüler –
VERA – Jubiläum – Knie heilt nie – ein anderes Berlin –
Babyboom – Problemfall deutsche Sprache – neue Zeugnisse
– Lehrerverhalten – Kulturschock – Kältewelle –
Fußballweltmeisterschaft – Fotograf – Hitze –
Abschiede

08.08.05
Erster Schultag! Der Anfang wird uns leicht gemacht, denn
wir haben den kältesten Augusttag seit es
Wetteraufzeichnungen gibt!
Ich habe meine militärischen Ambitionen unterdrückt und
wie immer den Unterricht begonnen. Freundlich und
humorvoll. Seit meinem Schulwechsel bin ich erstmals wieder
Klassenleiterin. Das mache ich gern, weil man dann in der
Grundschule weiß, wo man hingehört.

17.08.05
Heute ist ein besonderer Tag. Ich darf an einer
Verkehrsschulung teilnehmen. Nein, nicht wegen meiner
Punktesammlung in Flensburg, sondern weil ich mit Kindern
das Radfahren üben soll. Das Ganze findet im Verkehrsgarten
statt. Es waren neun! offizielle Gastgeber da. Sie rühmten die
Arbeit der Polizisten. Alles super, aber … nun werden sich
die Herren in Uniform mehr um die Berufsschüler kümmern
und daher müssen die Kollegen und Kolleginnen die
Übungen im Verkehrsgarten allein durchführen. Vor meinem
geistigen Auge sah ich mich inmitten von 26 aufgeregten
Schülern. Eine Schülerin kann noch nicht mit dem Rad
fahren, übt aber mit. Es baut sich ein Verkehrschaos auf …
Auch die um mich herum sitzenden
Sachunterrichtslehrerinnen guckten skeptisch.

Aber keine Panik, wir werden ja nun geschult. Der Polizist war nicht vorbereitet und erzählte nur Unwesentliches. Ständig erläuterte er das Falsche zu den eingeblendeten Bildern der Powerpoint-Präsentation. Gute Leistung!
Nach ca.10 Folien in 10 Minuten fragte eine Frau schräg hinter mir: „Sollen wir das alles mitschreiben?" Nach einer Stunde war der Polizist mit seinen Ausführungen fertig und wir wussten, dass wird nichts mit uns als Verkehrslehrer. Nun wurden Broschüren ausgegeben. Umsonst! Alle griffen schnell, denn sie reichten nicht.
Jetzt drohte man uns mit einer praktischen Übung. Alle standen vor dem Haus im Halbkreis und rahmten dekorativ den kleinen Polizisten samt Fahrradhelm mit Polizeiemblem darauf ein. Auf die Frage, wer war denn noch nie zu einer Übung hier, meldeten sich ca. 90% der Anwesenden. Bingo! Ich klinkte mich an dieser Stelle aus. Ich war schon viermal zur Übung da. Aber ob ich allein das Chaos beherrschen werde, weiß ich trotzdem noch nicht.

29.08.05
Heute war ein Schüler verschwunden. Er ging in der ersten Stunde nach Hause seine Federtasche holen und ward nicht mehr gesehen. Erst in der vierten Stunde sagte mir eine Schülerin Bescheid. Nun begann die Hektik. Aber er wurde gefunden und alles war gut.
Nach meiner aufgeregten Meldung im Sekretariat sagte man mir, dass das nicht so schlimm wäre. Er ist ja schon vierte Klasse. Aha, da war ich wohl sehr altmodisch, dass ich mir Gedanken gemacht habe …

03.09.05
Ich war heute in einer sehr versteckten Ecke im Spreewald zum Klassentreffen. Mit dieser Klasse begann meine Schulzeit. Bis meine Familie in der 7. Klasse nach Berlin zog, lernte ich in ihr.
Wir trafen uns unter einem wunderbaren alten Lindenbaum vor gleichnamiger Kneipe und sofort wurde erzählt und gelacht. Da saßen nun viele Menschen im guten Oma- und

Opaalter und als unsere ehemalige Lehrerin ankam, rief sie entzückt:„Alle meine Kinder sind da. Ist das schön." Nun wurde gedrückt und geküsst. Wir waren ab Klasse 5 ihre erste Klasse, die sie nach dem Studium übernahm. Da baute sich eine feste Bindung auf. Unsere Frl. Hensel ist nun 60 geworden, wirkt aber elanvoll, fröhlich und kein bisschen schulschranzig. Es besteht also Hoffnung, auch für mich! Wir fühlten uns wie in einer Familie und es war ein super Abend.

04.09.05

Mein Knie wackelt. Es schmerzt. Wo sind die Muskeln hin? Nach einem Muskelfaserriss

hat es keinen Halt mehr und bei Ermüdung passieren Dinge, die ich hier lieber nicht beschreiben will. Ich muss mich krankschreiben lassen. Ich hasse es. Ich habe ein schlechtes Gewissen. Die Kinder fehlen mir und meine Kollegen müssen mich vertreten. Ich bin zu Hause und kann mich nicht entspannen. Wie auch?

05.09.05

Heute habe ich ein Jubiläum. Eher durch Zufall entdeckte ich, dass ich genau heute vor 40 Jahren in die Schule gekommen bin. Ich kann mich noch genau erinnern. 40 Jahre! Wie viel Stress lag vor mir. Wie viele schöne Erlebnisse mit Schulfreunden. Aber das Jubiläum sagt mir auch: Du bist alt!

09.09.05

Heute haben wir (meine 4. Klasse und ich) die Zeitformen wiederholt. Schubfach mit Aufschrift Zeitformen auf und – nichts mehr da. Vielleicht liegt das Wissen in dem falschen Schubfach? Vielleicht liegt es bei den Wortarten oder bei den Satzgliedern. Egal, wir fangen noch mal ganz vorsichtig an. Um schrittweise vorzugehen, entscheide ich mich spontan für die Vergangenheitsform Perfekt. Dazu bot das Sprachbuch einen schönen Text und damit wir nicht durcheinander kommen, sind alle Sätze im Perfekt geschrieben. Wir lasen immer einen Satz, bestimmten dann (Schublade auf) die Satzglieder (Schublade zu) und bestimmten die Zeit. Das lief ganz gut. Auch der fünfte Schüler hatte nun geschnallt, dass alle Sätze in der selben Zeitform stehen. Ich lobte daher sehr witzig: Perfekt dein Perfekt. Es dauerte keine zwei Sätze weiter, als ich statt einer Zeitform gesagt bekam: „Ich glaube, dass ist Super!" Diese Zeitform ist mir neu!

14.09.05
Heute habe ich wieder telefoniert. Wieder mit der Sekretärin bei pro familia. Wieder das gleiche Frage-Antwort-Spiel: Ich möchte Herrn Petter sprechen. - Geht jetzt nicht, rufen Sie um 11 Uhr an. – Geht bei mir nicht, da bin ich im Unterricht. - Dann gebe ich Ihnen die Handynummer. - Geht nicht vom Schultelefon aus. – Gut, dann gebe ich Ihnen die private Nummer. – Die haben sie mir gestern schon gegeben, die stimmte nicht. …???
Diesen Sketch habe ich nun bereits dreimal durchlebt und ich war mit meiner Geduld am Ende. Daher schlug ich vor: „Bitte richten Sie Herrn Petter aus, dass ich um <u>11.45 Uhr</u> im Sekretariat am Telefon stehe. Er möchte mich dann bitte anrufen."
Rückfrage: „Entschuldigung, ich komme aus dem Westen, was bedeutet <u>11.45 Uhr</u>, können Sie mir die Uhrzeit auch anders sagen?"
Konnte ich: 15 Minuten vor 12 Uhr oder …
Aber das verstand sie wohl auch nicht, denn der Kontakt kam wieder nicht zustande.
Hoch lebe die deutsche Einheit!

27.09.05
Berliner aus Überzeugung bin ich schon, aber nicht überall in Berlin ist mein Berlin. Heute war ich zur Jahrestagung der Lebenskundelehrer in Kreuzberg. Was für ein Umfeld, was für eine Schule, was für eine andere Welt. Irgendwie war das nicht meine Welt. Bin ich altmodisch, bin ich nicht tolerant genug, bin ich nicht weltoffen? Ich denke weiter darüber nach.

29.09.05

VERA – ich liebe dich nicht!

Ich bin nicht vom falschen Ufer, aber ich musste mich auf dienstlichen Wege intensiv mit VERA befassen. Ich konnte sie mir auch nicht aussuchen. Es handelt sich um eine Vergleichsarbeit der 4. Klassen, in der das Leseverständnis überprüft wird.

Über Wochen wurden wir Lehrer darauf vorbereitet. Es gab eine Veranstaltung dazu, fast jede Woche gab es neue Handreichungen und einen genauen Zeitplan. Alles top secret. Meine Arbeitsmappe wurde immer dicker, denn der Papierumfang ist gewaltig. Endlich war es nun soweit. Zwölf Seiten mit vier Sachtexten und vielen Aufgaben mussten in 50 Minuten bearbeitet werden. Erst am Nachmittag um 15Uhr konnte man aus dem Internet die Lösungsanweisungen entnehmen. Mit weiteren zwölf Seiten Korrekturhinweisen und 26 Schülerarbeiten ging ich in die Oktoberferien. VERA - du bist ja nicht verkehrt, aber ich liebe dich wirklich nicht!

05.10.05

Na, was ist heute für ein Tag? Ich habe mich nicht geirrt, ich meine weder den 03. Oktober noch den 07. Oktober. Lösung: Heute ist Weltlehrertag! Das war mir neu. Zum Glück hörte ich es beim Frühstück in den Morgennachrichten. Den ganzen Tag wartete ich, aber nichts passierte. Hallo, ihr Lehrer in der Welt, wie geht es euch? Keine Antwort!

18.10.05

Gegenüber von meinem Raum befindet sich das Berufsberatungszentrum unserer Schule. Ich staunte nicht schlecht, als ein Schüler der 10. Klasse dort anklopfte und nach seinem Baby mit der roten Mütze fragte. Ich sah ihn dann samt Babysitz und Kind den Schulflur entlang schlendern.

Nach meinen neugierigen Fragen erfuhr ich dann, dass die 10. Klasse an einem Projekt teilnimmt. Dabei bekommt jeder Schüler ein Kind, ganz ohne körperliche Anstrengungen und ohne neunmonatige Wartezeit. Ähnlich wie beim Tamagotchi schreit das Baby, wenn es die Hosen voll oder es Hunger hat. Auch nachts …. die Ersatzmütter und -väter bleiben nämlich auch nachts bei ihrem Kindchen … wie im echten Leben! Das ist dann wohl auch der Sinn dieses Projektes. Die zukünftigen Eltern sollen einen Einblick bekommen, wie ein Leben mit Kind sein wird: nämlich nicht ganz einfach! (siehe Geschichte Babyboom)

20.10.05
Da kann man die Themen schieben wie man möchte, auf jeden Fall kommt man nicht um das Aufklärungsthema im Sachunterricht herum. Noch dazu, wo Babys unser Schulhaus unsicher machen!
Also angefangen, dachte ich mir und teilte zunächst ein Plakat an die Jungen und Mädchen aus. Darauf war jeweils der Umriss eines Jungen bzw. eines Mädchens. In Gruppenarbeit sollte nun eingetragen werden, was typisch für das eigene Geschlecht ist. Die Mädchen hatten sehr umfangreich die Aufgabe erfüllt, aber bei den Jungen sah es sehr mager aus. Erst im Unterrichtsgespräch kamen sie in Gang. Nachdem wir die inneren und äußeren Geschlechtsorgane genannten hatten, fiel bei einem Schüler der Groschen: „Ich weiß noch einen Unterschied. Die Jungen pullern vorne und die Mädchen h i n t e n !"
Das erklärt auch die Bilder auf den Toiletten. Sie sind gar nicht für die Männer, sondern für die Frauen gedacht. Was hinten passiert, sieht man ja nicht. Also besser beim Pullern hinsetzen.
Aber solche Verwechslungen gibt es wohl öfter. Meine Kollegin konnte berichten, dass in ihrem Unterricht als Geschlechtsorgan die Schaumlippe genannt wurde. Viel Schaum um nichts!

25.10.05
Erstmals erlebte ich heute in einer ersten Klasse, dass ein Schüler eine Aufgabe gar nicht erkannte. Im Arbeitsheft gibt es einen Katzenbastelbogen. Den nahmen wir uns vor. Nach dem Heraustrennen des Bogens haben wir wie die Katzen

geschnurrt, gefaucht - na eben das ganze Programm. Die Katzen durften nun nach Belieben gestaltet und ausgemalt werden.

Leider erst viel zu spät sah ich, wie ein Schüler den Bogen nicht senkrecht mit den Umrissen der Katze hielt, sondern waagerecht. Das Gesicht malte er nun in den Po und die Ohren waren
am Schwanz. Sehr kreativ!!!!!

03.11.05

Meine abendliche Lektüre lässt mich verzweifeln. „Der Dativ ist dem Genitiv sein Tod" Teil 2 vom Zwiebelfisch-Kolumnisten Bastian Stick gibt mir das unfreundliche Gefühl, dass ich die deutsche Sprache nicht beherrsche.

Die neue Rechtschreibung habe ich gut verkraftet, aber die nun erfolgten Rücknahmen einiger Regeln nicht. Die vielen Fragen und Antworten verwirrten mich meist. Ich unterzog mich dem Deutschtest und beantwortete 60 Fragen, z.B. Wie heißt es richtig?

1. im Sommer diesen Jahres
2. im Sommer dieses Jahres oder ...

Werden die Autos an der Grenze durchgewinkt oder durchgewunken?
Na, auch keine Ahnung von den regelmäßigen und unregelmäßigen Verben?

Eigentlich schon. Vieles weiß man, aber beachtet man es auch beim Gebrauch unserer Sprache?

Nach der Lektüre dieses und des ersten Teiles achte ich wieder etwas mehr auf Gründlichkeit.

Täglich lesen und hören wir Falsches. Wir merken es gar nicht mehr. Das macht mich unruhig.

Kleine Gedenkminute. Wie heißt es richtig?

1. Wir gedenken der Opfer.
2. Wir gedenken den Opfern.   oder
3. Wir gedenken an die Opfer der deutschen Sprache.

Nur Mut!

16.11.05

Heute war die Vorprämiere von „Harry Potter und der Feuerkelch" und viele Klassen unserer Schule schauten sich den Film im Kino an.

Zuvor gab es aber heiße Diskussionen unter der Lehrerschaft und den Eltern. Das Buch ist bekannt und viele haben es gelesen. Die entscheidende Frage ist und bleibt: Ist Harry Potter nun für Kinder oder für Jugendliche geschrieben und verfilmt worden? Die dunklen Mächte sind am Werk ...

Brutal hin, brutal her. Dementoren sind gruselige Wesen und die Abgründe des Schreckens werden immer tiefer. In England gab es nach der Prämiere große Diskussionen, ob der Film auch Kindern gezeigt werden kann. In Deutschland ließ man sich mit der Freigabe des Altersprädikates viel Zeit. Erst eine Woche vor dem Start wurde bekannt, dass der Film für Kinder ab 12 Jahre freigegeben wird. Nur mit einer Vollmacht der Eltern durften wir das Kino besuchen. Er war toll, genauso wie das Buch. Spannend, gruselig, aber nach meinem pädagogischen Ermessen nicht brutal. Die Kinder waren begeistert. Beim Verlassen des Kinos kam ein Krankenwagen mit Blaulicht vorgefahren. Wir wunderten uns sehr. In der Schule erfuhren wir, dass ein Schüler aus der 6. Klasse kein Blut sehen konnte (war mir gar nicht bewusst, dass welches floss) und daher die Kapuze über seinen Kopf gezogen hat. Dadurch wurde die Luft knapp und er wurde ohnmächtig. Nach einem Tag zur Beobachtung konnte er das Krankenhaus wieder verlassen.

Der Vorfall hinterlässt Fragen. Auch weiß ich nicht, warum einer der Bösewichter wie Hitler aussehen musste. Vielleicht sind die Filme doch zunehmend für ein älteres Publikum bestimmt.

17.11.05

Mein Herzblut gehört der **Bibiotig** (Schülerdeutsch) – übersetzt Mediothek. Immer auf der Suche nach neuen Büchern bzw. zuvor nach Geld dafür. Manchmal gibt es auch andere Wege. In unserer Nachbarschaft wird eine Schule aufgelöst. Ich habe mich mit der netten Schulleiterin getroffen und ihre bescheidene Bibliothek besucht. Sie muss alle Bücher loswerden und wir nehmen sie gern. In diesem fremden Schulhaus überkam mich wieder dieses miese Gefühl, wenn ich eine fremde Schule betrete. Alle Menschen darin, besonders Lehrer, sind mir im höchsten Maße unsympathisch. Da ich nicht sofort den richtigen Raum fand, musste ich zwei solcher Individuen ansprechen. Eine Welle von Arroganz und Unfreundlichkeit schwappte mir entgegen. Einbildung? Ausnahmen bestätigen die Regel.

Wirken wir in unserer Schule auch so auf Außenstehende? Bitte nicht!

18.11.05
Jawohl, die Höhepunkte nehmen zu. Meinen hatte ich heute schon bei der morgendlichen Lektüre der Berliner Zeitung: Herr Thilo Sarrazin, seines Zeichnens Finanzsenator, stellt fest, dass die Lehrer nur fleißiger sein bräuchten, dann hätten wir die ganzen Probleme mit dem schlechten Abschneiden bei den Tests nicht.

Ausnahmsweise hat Schulsenator Böger in seiner Reaktion mal recht: „Bei der Bildung ist es wie beim Fußball: Jeder glaubt mitreden zu können."

20.11.05
Der lange Weg bis Weihnachten … noch vier Wochen durchhalten. Tägliches, gründliches Schminken ist zur Bedingung geworden. Das kann man ja den Kindern nicht zumuten.

Sonst passiert, dass es zu ungewollten Geständnissen kommt. Eine Lehrerin im besten Alter musste sich vom kleinen Schüler sagen lassen: „Wenn man bedenkt wie alt Tina Turner ist, dann hast du dich ganz gut gehalten!"

Tolles Lob. Tina Turner ist bereits jenseits der Sechzig!

21.10.05
Neuigkeiten!

Heute fand eine Gesamtkonferenz statt. Ganz aktuell wurde uns ein neuer Beschlussvorschlag vorgelegt. Ab sofort, wenn alle dafür sind, also auch die Schulkonferenz den Beschluss fasst, (immer an die Demokratie denken) besteht die Möglichkeit, als Anhang an die Zeugnisse ein Formblatt zu hängen. Darauf steht keine Beurteilung mehr. Jetzt erfolgt eine tabellarische Einschätzung des Schülers. Freude bei allen Klassenleitern, die bereits in den Ferien zum Jahreswechsel mit dem Schreiben der Beurteilungen angefangen haben. Am meisten freute mich, dass die anwesenden Eltern diesen Vorschlag auch gut fanden. Sie sind der Meinung, dass man anhand der Kriterien endlich weiß, woran man mit seinem Zögling ist und nicht nach Wertungen zwischen den Beurteilungszeilen suchen muss.
Na bitte!
In dieser Versammlung führte ein Kollege das Protokoll. Mehrmals fragte unsere Konrektorin ihn, ob er auch alles vermerkt hat. Nach dem vierten Hinweis fragt er seine Nachbarin: „Sag mal, sehe ich heute sehr verschlafen aus?"
Natürlich nicht, Herr Kollege!

07.12.05
Wo läuft nur die Zeit hin?
Die Tage sind voller Arbeit und der Schreibtisch wird und wird nicht leerer. Aber es geschieht auch viel und so manches Ergebnis lässt den Aufwand vergessen.
Nach dem Auflösen einer kleinen Bücherei in der Nähe unserer Schule, hat sich der Bestand unserer Bücher gewaltig erhöht.
Außerdem haben wir heute einen Buchbasar durchgeführt. Mit dem Ergebnis von 250€ sind wir mehr als zufrieden. Das Besondere an der Aktion war aber, dass die Kids die vielen Stunden über allein gearbeitet haben. Ich war zur selben Zeit in der Lehrersprechstunde.
Die Kinder haben die Käufer beraten und beim Kauf geholfen und waren echte kleine Profis. Ich bin begeistert!

20.12.05

Eine ganz gemischte Runde von Kollegen versammelten sich in einer nahe gelegenen Kneipe
zur Ramschparty. Für mich kein Neuland, denn diverse Veranstaltungen dieser Art habe ich schon besucht und selbst durchgeführt. Über Stunden hatten wir unseren Spaß und konnten die Arbeit einfach vergessen. Na geht doch!
P.S. Leid taten mir die Leute, die zu dieser Zeit in Ruhe in diesem Restaurant ihr Abendbrot zu sich nehmen wollten.

21.12.05
Kurz vorm Ziel gibt es einen kleinen Endspurt! Langsam werde ich als Weihnachtsmann perfekt (seine Geschichte X-mas).

22.12.05
Meine ganz private Bescherung hatte ich schon in der letzten Woche. Mein Auto hat einen Motortotalschaden. So brachte mir der echte Weihnachtsmann einen neuen Wagen (komisch, bezahlen musste ich ihn aber…).
Es ist ein Twingo und hat große Kulleraugen. Neulich besuchte ich meine Cousine und ihre kleine Schlüpferbrigade. Der Kleinste hat einen Bus zum Spielen, bei dem die Scheinwerfer Augen sind und beim Fahren lustig wackeln. Na, das wird ja ein Auftritt am ersten Schultag.

30.12.05
Heute bekamen wir zu Hause Besuch. Ungewohnten Besuch. Ein Schüler der 13. Klasse meines Mannes brachte die fertige Projektaufgaben aus dem Fach Informatik. Zu erstellen war ein Computerspiel mit allem drum und dran. Letzter Termin war das Jahresende. Das war knapp.

04.01.06
Neues Jahr - neues Glück.
Nicht für alle. Eine Schülerin aus meiner 4. Klasse erkundigte sich bei mir, wie gut man sein müsse, wenn man mal einen Tag frei haben möchte. Ihre Tante hat einen besonderen Geburtstag. Ich erklärte ihr, dass ich bei so fleißigen

Schülerinnen wie sie es ist, schon mal ein Auge zudrücke und ihr frei gebe. Sie setzte einen drauf.

„Meine Oma hat sich das Genick gebrochen. Falls sie am gleichen Tag stirbt, wie meine Tante Geburtstag hat, dann brauche ich sowieso frei."

Ein Grinsen vermeidend fragte ich, um welchen Termin es sich handle. „Na so im Februar."

Dann hat es ja noch Zeit mit der Oma …

07.01.06

Wochenende! Wir machen Kultur und besuchen im Ratibortheater die „Gorillas". Das ist eine Gruppe, die Improvisationstheater machen. Gespannt gingen wir in die Vorstellung „Banane oder Gurke". Genial. Zum Spaß haben und Dauerlachen ist ein Besuch hier unverzichtbar. Was aber eine Überraschung war: Die Gorillas sind Lehrer. Nach Aussage des Flyers: 1 Halbmarathonbezwinger, 2 Musiker, 3 Raucher, 4 Prenzelberger, 5 Väter, 6 Autofahrer, 7 Erdnussjunkies, 8 Männer, 9 Zugezogene, 10 Wessis, 11 Internetbesitzer = 12 Gorillas.

16.01.06

Heute haben wir den Dunstkreis des Wohnbezirkes Richtung große weite Welt verlassen. Das heißt, wir sind vier Busstationen nach Karlshorst gefahren. Dort besuchten wir das Deutsch - Russische - Museum. Für viele war es das erste Museum, dass sie von außen und von innen gesehen haben. Unglaublich!

21.01.06

Ich schreibe meine Zeugnisse. Seit langem mal wieder. Hätte ich die Lesebrille aufgehabt, wäre es mir nicht passiert. Ich kopierte 46mal das Datum mit einem Punkt zu viel in die Unterlagen und druckte alles aus. Erst einmal und nachdem ich den Fehler bemerkt habe das nächste Mal. Hatte eh nichts weiter vor an diesem Wochenende!

22.01.06

Ich leide unter diesem Winter. Es ist kalt und ich hasse Kälte. Meine Betriebstemperatur beginnt bei 10 Grad plus. Wir haben Dauerfrost. Ob mich jemand als Lehrer auf einer der warmen Inseln arbeiten lässt? Ich will hier weg!
In diesem depressiven Gemütszustand besuchten wir heute eine Geburtstagsparty. Das Geburtstagskind ist die angehende Schwiegermutter meiner Tochter. Das ist nicht das Problem. Aber sie ist natürlich von Beruf LEHRERIN. Na macht ja nichts. Wir feierten vergnügt und es kam auch noch ein uns unbekanntes Ehepaar. Ich freute mich, unbekannte Menschen kennenzulernen. Aber schon wieder Frust. In kürzester Zeit stand fest, dass beide LEHRER sind. Gibt es auf dieser Welt nur Lehrer?

26.01.06
Kältewelle in Deutschland! Die Kinder dürfen zwar noch zur Schule kommen, aber nicht zur Hofpause herausgehen.
Super!

27.01.06
War heute bei –15 Grad Celsius mit meiner Klasse auf Exkursion. Cool – bekommt dabei eine ganz eigene Bedeutung. Wir besuchten das Zillemuseum im Nikolaiviertel. Da wir eine Führung bestellt haben, mussten wir hingehen. Was mir neu war, dass Heinrich Zille auch Pornobilder gemalt hat und zwar sehr ordentliche … Im diesem Ausstellungsraum wurde
kein Licht gemacht und ein Stuhl als Absperrung für die Schüler hingestellt.
In der Phase der Selbstbeschäftigung fiel mir auf, dass Paula und eine Horde aufgeregter Schüler in gewisse Richtung verschwanden. Ich hinterher … das war gerade noch mal gut gegangen!
Übrigens waren wir dann am Abend auch wieder aufgetaut. Außerdem standen einige Kinder unter Kulturschock: Immerhin haben sie zwei Museen gesehen und das in einer Woche!

05.02.06

Ferien sind cool! Wir waren bei Oberammergau zum Skilanglauf und haben uns prächtig erholt. Abgesehen von einer geouteten Lehrerin auf einer Autobahnraststättentoilette (schönes Wort) kamen wir inkognito und „lehrerfrei" durch den Urlaub.

06.02.06

Schulanfang, das Chaos hat einen Namen: Lehrerausfall durch Krankheit. Elf Kollegen sind heute nicht zum Dienst erschienen. Super Start! Dazu klingelte es wegen akuter Glätte alle Pausen ab. Eine neue Ein-Euro-Kraft bekam ich überraschend in der 2. Stunde in den Unterricht geschoben. Sie wird stundenweise eine Schülerin betreuen. Natürlich gab es auch gleich eine Vertretungsstunde und als Sahnehäubchen noch einen netten Mann, der in der Mediothek das Einscannen der Bücher vorbereitet. Diesen Helfer habe ich mit großer Freude begrüßt und nach dem Unterricht eingewiesen.

Abends saß ich so in meinem Sessel und überlegte, was ein solcher Tag mit einem anrichtet. Ich bin breit! Hatte ich Ferien?

07.02.06

Karamba, das Chaos geht weiter. Es klingelt immer wieder die Pausen ab. Es ist eisig in Deutschland. Die Kleinen sind wie aus dem Häuschen. Ich bin es auch.

Für zusätzlichen Zündstoff sorgt ein Buch mit dem vielsagenden Titel „Das Lehrerhasserbuch". Jawohl, das braucht der Mensch. Ich habe mir die Internetseite der Frau Ungefug angesehen und leider fehlt mir im Moment die Kraft, mich zu ihren Auffassungen zu äußern. Eine Mutter mit drei Kindern steht mit unserer Berufsgruppe auf Kriegsfuß. Schade eigentlich. Negativerfahrungen gibt es auf beiden Seiten. Auch ich könnte ein Buch mit dem Titel „Elternhasser" schreiben, aber nur, weil man mal auf ein oder zwei nicht so erfreuliche Zeitgenossen trifft, verallgemeinert man seine Negativerfahrungen nicht. Ein Berufsschulkollege hat nun gegen den Buchtitel geklagt.

An dieser Stelle frage ich mich immer, warum unzufriedene Eltern ihre Kinder nicht an einer anderen Schule anmelden oder noch besser ihre Kinder in eine Privatschule bringen. Da sind ausgewählte Lehrer und sicher sind die Klassen nicht so voll, es fällt kaum Unterricht aus usw. (logisch, denn die Eltern zahlen ja auch ordentlich dafür).

10.02.02

Ich korrigiere die Tagebucheintragungen der Schüler. Für eine Woche wurden Eintragungen im Rahmen des Deutschunterrichtes vorgenommen. Es ist sehr aufschlussreich, wie unterschiedlich die Aufgabe angegangen wurde.

Eine Schülerin schrieb: „Heute war ich am Nachmittag mit dem Schlitten auf dem Schulhof.

Ich spielte mit Oskar und Adrian.

(P.S.: Diese Konstellation der drei ist schwer vorstellbar.)

Dann stritten wir uns.

(P.S.: Das war mir schon vorher klar.)

Ich bin kein Weichei!!!"

(P.S.: Was ist da wohl vorgefallen?)

13.02.06

Die Elternversammlung war sehr angenehm. Es waren viele Muttis und Vatis gekommen und lauschten meinen Ausführungen. Ein Problem wurde im Laufe des Abends deutlich: Die Kinder erzählen zu Hause leider zu wenig über das, was so passiert und leider auch zu wenig über das, was die Eltern dringend wissen sollten. Eine Mutti fragte, ob es in diesem Schuljahr keine Spätsprechstunde gibt. Doch gab es – im Dezember ... Um den Abend aufzulockern, hat meine Klasse eine kleine Ausstellung im Klassenraum hergerichtet. Sie haben Tagebuch geführt und das wurde bewertet. Natürlich waren die kleinen Tagebücher sehr hübsch gestaltet. Die Eltern machten sich über diese Ausstellung her, wie über ein kaltes

Büfett, was ja leider bei Elternversammlungen nicht üblich ist. Sie staunten über die tollen Ergebnisse einiger Schüler, oder waren entsetzt über die miese Arbeit ihres Kindes und freuten sich meistens auch mal eine Arbeit ihres Kindes in der Hand zu haben.

Fazit: Ich muss wohl etwas strenger Unterschriften kontrollieren, damit die Erziehungsberechtigten nicht im Tal der Ahnungslosen bleiben.

14.02.06

Schülersprechstunde! Endlich habe ich für jeden Schüler Zeit, mit ihm über alles zu reden. Im gemütlichen Rahmen und ganz entspannt beim Plaudern, kann man vieles erfahren, aber auch klären.

Arsem kam heute zu mir. Seine Mutti versteht nur wenig deutsch und ich erkundigte mich, ob sie bei der gestrigen Elternversammlung alles verstanden hat. Er: „Ja, hat sie. Sie hat mir auch erzählt, dass wir einmal um Berlin herum fahren werden."

Ich stutzte, bis mir einfiel, dass wir ja über eine S t a d t r u n d f a h r t   gesprochen haben ...

Auch heute:

In der dritten Stunde gab ich Lebenskunde in der ersten Sehbehindertenklasse. Wir bauten ein Haus und während dieser Handarbeit unterhielten sich die Kleinen über den Valentinstag, der ja heute ist. Bald stellte sich heraus, dass sie sich untereinander auch kleine Geschenke gemacht haben, weil Tom liebt Jana und Brain liebt Anna und ... das ging so eine Weile ganz niedlich hin und her, bis eine Schülerin in die Runde warf: „Man, das Gerede geht mir auf den Keks."

Betretenes Schweigen im Raum. Auch ich wusste nicht gleich, was ich darauf erwidern könnte.

Vielleicht war sie nur traurig, dass sie noch kein Geschenk bekommen hat. Mädchen sei nicht traurig, dass wird schon irgendwann.

15.02.06

Morgen kommt eine Schulinspektion in unsere heiligen Hallen. So bat uns die Schulleiterin, im kleinen Lehrerzimmer doch die große Wandzeitung zu gestalten, da in diesem Raum der Besuch empfangen werden soll.

Man kann das sehen wie man möchte. Ich gebe es zu. Auch ich wische vor allem dann Staub, wenn Besuch kommt.

So machten wir Kollegen uns Gedanken, wie wir das große Brett schnell mit Papier sinnvoll behängen.

Als ich zur großen Pause ins Lehrerzimmer kam, traf mich fast der Schlag. Die Wand war gestaltet: eine großer Schneemann, Vogelhäuschen, gemalt von Kinderhand und eine Gedicht schmückten die Pinnwand. Ich mache mir nun Gedanken, wie dieses Lehrerarbeitszimmer morgen auf die Gäste wirken wird ...

P.S.: Unsere Hausmeisterfrau bekam den Auftrag Kekse, die nicht krümeln, für den Besuch aus der Kaufhalle zu holen. Ob ihr das gelungen ist?

16.02.06

Wie so oft waren meine Bedenken ganz umsonst. Als wir zwischen 7 und 8Uhr am nächsten Tag in unser Lehrerzimmer kamen, sah man deutlich, dass die Gäste sich hier wohl gefühlt hatten: leere Flaschen (Selters), Kaffeegeschirr und viele Krümel von den Keksen, die nicht krümeln sollten.

17.02.06

Es scheint eine Woche der Überraschungen zu sein.

Heute steht in der Berliner Zeitung, dass Frontalunterricht bei vielen Schülern nun doch zu besseren Ergebnissen geführt hat, als der offene. Unsere Rede seit Jahren. Der Mix macht es. Von allen Methoden an der richtigen Stelle ein bisschen und die Welt wird über die nächsten Pisa – Ergebnisse aus Deutschland staunen.

Zitat von Herrn Böger:

„Nichts gegen Experimente, aber wir sollten uns auch auf das konzentrieren, was in den Schulen erforderlich ist: Konsistenz und Kontinuität."
Ich hätte nicht erwartet, dass ich mal ein Fan von ihm werde
…

21.02.06
In der 1. Klasse der Sonderschule arbeiten die Religionslehrerin und ich zugleich an der Moralentwicklung der Schüler. Das geht ganz gut. In dieser Woche hielt ich mich zurück, da es in unserer großen Thematik "Häuser" um Kirchen geht. Erstaunlicherweise kann so ein Thema völlig unreligiös besprochen werden. Ich fand die Idee, eine Kirche aus vielen Bestandteilen zusammenzusetzen, sehr schön. Das Schiff, der Turm, die Pforte, die Glocke und die Turmuhr. Ganz zum Abschluss fragte die Lehrerin: „Was ist denn bei manchen Kirchen noch ganz oben auf der Turmspitze?"
Leon antwortet ohne zu zögern: „Da sitzt der liebe Vater Herrgott!"

Agentenfasching! Super Thema. Ich wurde mehrfach mit der Waffe bedroht und einige laufende Meter von Schülern schrien mich an: „Ergebe dich!" Ich ergab mich meinem Schicksal.

22.02.06
Der Tag fing sonderbar an. Ich wurde in eine Diskussion verstrickt, die mich irritierte. Mit Rücksicht auf noch arbeitende Menschen nur soviel zum Streitthema: Ist die Schilderung der Herstellung eines Essens eine Vorgangsbeschreibung?
Ich bin nicht rechthaberisch, aber im Gegensatz zu meiner Diskussionspartnerin bin ich dieser Meinung.
Auch in der Hofpause gab es eine heftige Diskussion in unserem Lehrerzimmer. Es ging um die Sendung im Fernsehen, in der ein Model gesucht wird. Heidi Klum ist sehenswert. Das Streitkollegium von acht Damen diskutierte aufs Heftigste. Die Skala ging von „Super Sendung!" bis

„Niveaulos! Meine Tochter darf das nicht sehen!" usw. Keine will diese Sendung je wirklich gesehen haben, aber alle wussten gut Bescheid ...

24.02.06
Manchmal finde ich meine Ideen nur so lange gut, bis es an ihre Umsetzung geht. Wir bastelten heute einen Traumfänger, da es im Deutschunterricht um Träume ging. Das Material wurde mühsam zusammentragen, Metallringe extra bei einem Bastelbedarf bestellt und dann ging es los. Zum Glück bat ich meine bastelerfahrene Erzieherin dazu. Gemeinsam waren wir stark! Die Zeitvorgabe von zwei Stunden war eine echte Fehlplanung. Aber der Anfang ist gemacht und ich denke bis zum Schuljahresende können wir dann auch Träume einfangen.

20.03.06
Heute habe ich Geburtstag. Einige Schüler haben mir gratuliert und es gab auch kleine Präsente. Eine Schülerin brachte einen Blumenstrauß und drückte mir drei Euro mit folgenden Worten in die Hand: „Kaufen Sie sich was Schönes davon!" Jawohl!
(Ich habe ihr das Geld wieder in die Tasche gesteckt.)

21.03.06
Nach meiner Party am gestrigen Abend bin ich ganz froh, heute zwei Stunden später in die Schule gehen zu können. Um 7.45 Uhr klingelt aber die Schule bei mir an. Heute ist Verkehrsschulung und ich soll doch so nett sein und hingehen. Mein Mann meint, ich wäre schon lange fällig, aber es geht in diesem Falle nur um das Abholen der Fahrradprüfungsbögen.
Ich ging also mit großer Begeisterung zur Veranstaltung. Und da war es wieder dieses Gefühl, sich mit vielen Lehrern in einem Raum nicht wohl zu fühlen. Ich hörte interessante Dinge für die ersten Klassen, die einen sicheren Schulweg haben sollen und viel über den bösen ‚toten Winkel', den die 6. Klassen verklickert bekommen. Wann kommt die 4. Klasse

dran? Höhepunkt des Ganzen war dann die Anfrage einer typischen Grundschullehrerin: „An unserer Schule gibt es keine 6. Klasse. Muss ich es dann trotzdem machen?" Na klar Kollegin.

22.03.06
Heute hatte ich fast nur positive Erlebnisse. Problemfeld Wetter: Als ich den Besuch im Wasserwerk in Friedrichshagen buchte, stellte ich mir für Ende März Sonne, sattes Grün und Wärme vor. Wir hatten Sonne, aber nur 4 Grad plus und wir sahen einen Skilangläufer auf dem zugefrorenen Müggelsee …
Die Führung wurde von einem sehr netten Mann durchgeführt und meine Kinder waren super.
Anschließend gingen wir noch ins Museum vom Wasserwerk, da dort Tag der offenen Tür war. Es gab einen großen Bahnhof um die anwesende Prominenz und nachdem ich meinen Kindern den Zugriff auf die Häppchen und Getränke verboten hatte, gingen wir in die Halle. Sofort war die Presse um uns und auch das rbb-Fernsehen filmte. Zu Ehren des Wassertages wurden die alten ca. 10 Meter hohen Maschinenräder angelassen und zum Motorenlärm sang eine Künstlerin (Maschine – Sängerin - Maschine - … : buff – höööööö – buff - …).
Begeistert beendeten wir den Wandertag. Viel war von uns im Fernsehen nicht zu entdecken. Nur Peter schwebte während eines Interviews ca. 4-mal durchs Bild. Sah sehr intelligent aus.

23.03.06
Meine Anne kommt aus einem anderen Land und hat so ihre Sorgen mit der deutschen Sprache. Daher besucht sie den DAZ-Unterricht und wird gefördert.
Oft spricht sie mich an: „Kannst du mir mal helfen?" Ich: „Anne, es ist nicht schlimm, wenn du ‚du' zu mir sagst. Höflicher ist aber ‚Sie'."
Heute kommt sie wieder zu mir und sagt „Ich will Sie mal was zeigen." Ich gucke nur so über meine Schulter und sage:

„Es heißt „Ihnen"." Sofortige Antwort: „Sie sagen aber immer, ich soll „Sie" sagen." Da hatte sie wohl recht.

25.03.06
Heute wurde beschlossen, die neue Rechtschreibung wieder zu reformieren.
Nachdem z.B. „Du" im Brief endlich klein geschrieben wurde, werden wir es zukünftig wieder groß schreiben. Ich habe schon einen neuen Duden bestellt. Langsam wird die Angelegenheit teuer. Alle drei Jahre braucht man einen neuen, um aktuell zu sein.

29.03.06
Ich bilde mich heute auch mal weiter und bin auf der Berliner Schulmesse. Es gibt nichts mehr umsonst und so lasse ich eine Menge Geld. Außerdem nahm ich an einer Buchlesung von Harald Martenstein teil und stellte fest, dass er die gleiche Thematik wie ich in seinen Büchern aufgegriffen hat. Nur hat er als Journalist einen fantastischen Schreibstil, der mir leider völlig fehlt. Beim anschließenden Vortrag „Experimente im Sachunterricht" beobachtete ich, wie raffiniert Lehrerinnen sind. Sie setzen sich in den Saal, tragen sich in die entscheidende Anwesenheitsliste ein und gehen nach zehn Minuten wieder raus. So schafft man es an einem Tag so viele Weiterbildungsbelege zu bekommen, wie man in einem Schuljahr braucht. Ich blieb bis zum Schluss.

30.03.06
Woran denkt man, wenn man „Rütli" hört? Ich denke ans Jodeln oder so. Leider ist der Anlass des Kennenlernens dieses Namens nicht so lustig. Es ist der Name einer Hauptschule in Neukölln. Ihre Lehrer haben Ende Februar einen Brief an Herrn Böger geschrieben, in dem sie ihm mitteilen, dass sie nicht mehr unterrichten können. Es gibt keine Schulleitung mehr, die Schüler sind sehr gewalttätig und die Lehrer haben Angst vor ihnen. An Unterricht ist nicht mehr zu denken. Ein Brennpunkt mit 80% Ausländern.

Heute ist endlich etwas vom Brief an die Öffentlichkeit gekommen. Herr Böger sagte im Fernsehen, er hat erst aus den Medien davon erfahren. Wo war der Brief nur die letzten vier Wochen?

06.04.06
Ferien sind willkommen, denn nach 10 Schulwochen habe ich das dringende Bedürfnis nach Erholung.
Noch nie habe ich es so entspannend wie in diesen Tagen empfunden, auszuschlafen und „runter zu kommen". Mein Kopf dankte es mir mit klaren Gedanken und der Bienenschwarm, der sonst darin tobt und tobt, war wie weggeblasen. Keinen Gedanken an den nächsten Tag, keine Prioritätenliste, keinen Zeitdruck.
Wie auf Wolke „7" schwebte ich in die Ferien.

24.04.06
Ha, da ist er wieder der Bienenschwarm. Ich hasse ihn. Ohne das ich es wollte, war er pünktlich zum ersten Schultag wieder da.
Gleich erwischt es mich eiskalt bei der Fahrradübung im Verkehrsgarten. Der Polizist führte mich in sein Büro, knallte mir ein Schreiben der Schulverwaltung auf den Tisch und grinste. Inhalt des Schreibens: Ab sofort führen die Lehrer die Übungen durch. Mit gewohntem Humor lache ich darüber und stelle fest, na heute sind Sie ja noch da. Lustig fand das die uniformierte Mensch vor mir nicht, aber das konnte man vielleicht auch nicht erwarten.
So stellten wir uns im Verkehrsgarten hin und warteten. Da nichts passierte, wurde ich aktiv, gab die Räder und Helme aus und ging zum direkten Angriff über: „Ich werde keine Übung mit den Kindern machen!" Das war eine klare Ansage und die Fronten waren geklärt. Nun setzte der Polizist sich doch in Bewegung und begann mit den Übungen. Abgesehen von den üblichen Katastrophen verlief alles gut. Am nächsten Dienstag ist Prüfung und die nehme ich ab. Ich habe drei Blätter mit Schwerpunkten und Bewertungsrichtlinien

bekommen und nun kann ich mich darauf hervorragend vorbereiten.

02.05.06

Fortsetzung des Ganzen!

Heute hatten wir Prüfung. Ich zottelte also wieder mit meinen 25 Kindern in den Verkehrsgarten und nun wurde es ernst. Alle fuhren sich ein. Dann ging es los. Ich erklärte den Strafkatalog! Für jeden Fehler werden maximal acht Punkte Strafe vergebe und dann ist man raus. Gegebenenfalls kann man auch gleich einem Anderen ins Rad kacheln, dann ist man auch raus. Die Kids geben sich aber große Mühe. Ich gucke streng und tue so, als ob ich Strafpunkte vergebe. In Wirklichkeit bin ich froh, wenn alles halbwegs läuft, denn der anwesende Verkehrspolizist guckt ganz lüstern zu und wartet nur darauf, dass ich einen Fehler mache. Ich mache aber keinen und so haben fast alle die Prüfung bestanden und ich bekomme vom Herrn in der grünen Uniform ein Lob. Arschlocher ... denke ich. Ich komme erst mit meiner nächsten vierten Klasse her und dann gibt es vielleicht nicht mal mehr den Verkehrsgarten.

Eine Schülerin hat die Prüfung nicht bestanden, da sie noch immer verzweifelt übt, nicht vom Rad zu fallen und damit leider oft auf die benachbarte Fahrbahn gelangt.

10.05.06

Ich bin verrückt! Um den Kindern, aber auch mir eine Freude zu machen, fahre ich mit sieben Kindern mit dem Fahrrad zum Wandertag in die Wuhlheide. Klappt alles, bin ich für sie die Größte, habe ich „Verkehrstote" lande ich vielleicht hinter schwedischen Gardinen. Ich will es aber wissen.

Nur sieben Eltern habe grünes Licht gegeben und so geht es bei herrlichem Sonnenwetter und guter Laune los. Ich habe mehr als gründlich belehrt und die Räder mit fachmännischem (?) Blick getestet. Unsere Route führt entlang der vielbefahrenen Treskowallee.

Ich fahre wie eine Glucke vorne weg, die anderen im Gänsemarsch hinterher. Das Tempo entspricht auch einem

Gänsemarsch. Lieber langsam, aber sicher ist die Devise. Glücklich kamen wir an und alle waren noch bei bester Gesundheit.

Auf dem Rückweg haben wir noch eine Wettfahrt auf der neuen Rennstrecke (800m) auf dem ehemaligen sowjetischen Kasernengelände eingelegt. Die Kinder waren begeistert und ich mehr als froh, als wir wieder in der Schule ankamen. Am Nachmittag traf ich mich mit zwei ehemaligen Kolleginnen. Wir sind inzwischen alle an verschiedenen Schulen. Natürlich sprachen wir auch über „Schule". Interessant war dabei, dass es überall die gleichen Probleme gibt. Lieblingswort aller: Evaluierung!!!!!

13.05,06
Wochenende, entspannen. Abends treffen wir uns bei den Gartennachbarn und trinken einen. Es wird geplaudert und so kam es, dass ich den Strafplatz zwischen zwei „unterrichtenden Nachbarinnen" (übersetzt Lehrerinnen) bekam. Ach nein, nicht schon wieder Schule. Ich sage euch, sie sind überall!

15.05.06
Tage wie diesen möchte man am liebsten wieder vergessen. Alles geht drunter und drüber und nichts passt.
Heute endlich erfuhren wir, wann der Fotograf kommt. Meine Klasse ist am Nachmittag dran, wenn ich gar nicht mehr in der Schule bin. Also mussten wir uns dazwischendrängeln. Nach 1,5 Stunden Frieren auf dem Hof war das erledigt. Anschließend gab es Tränen, weil eine Mitschülerin ausgerechnet am ersten Tag ihre Zahnspange verlegte – verlor – verbummelte – vermisste. Die Zahnspange blieb und bleibt verschwunden. Ermattet lande ich im Lehrerzimmer und werde von der Kollegin aus dem Späthort befragt, warum ich am Freitagabend Eltern bestelle, wenn ich dann nicht da bin. Des Rätsels Lösung: der 12. ist eben nicht der 22. Mai, denn an diesem Tag werde ich auf sie warten. Zum größten Unglück ist auch noch meine Erzieherin gestürzt und pflegt nun für längere Zeit ihren angesplitterten

Knochen im Fuß. Nö, das Arbeiten macht an einem solchen
Tag keinen Spaß.

16.05.06
Das wird eine bedeutende Woche, es liegt was in der Luft.
Große Neuigkeit heute: Ich soll umziehen. Ein Ringtausch.
Nicht sinnvoll, aber ich nehme es entspannt hin. Alle Jahre
wieder, dass hält fit.
Am Nachmittag gehe ich zu einer Weiterbildung in das Rote
Rathaus. Mein Mann soll da einen Vortrag halten! Seit ich in
einer falschen Veranstaltung (Verleihung des Vaterländischen
Verdienstordens – siehe Geschichte Qualität) war, habe ich
immer Angst, dass sich Ähnliches wiederholen könnte. Am
Eingang bei den Empfangsdamen komme ich ins Schleudern
und Stottern, denn mir fällt der Name der Veranstaltung nicht
ein. Entschuldigend betone ich: „Sonst spreche ich in ganzen
Sätzen!" „Kein Problem", antwortet die eine Dame, „Sie
gehen nach oben und dann gleich nach rechts!" Oben an der
Treppe angekommen sah ich schon, dass sind keine Lehrer.
Wieder falsch. Ich ging in den Sperrbereich und kam nun an
den richtigen Einlass. Auch für mich. Die Vorträge waren
sehr interessant. Leider kam mein Mann aus Zeitgründen
nicht dran. Aber einen Strafzettel hatte er am Auto. Hat der
Tag sich doch gelohnt – für das Land Berlin.

17.05.06
Jeden Tag eine gute Neuigkeit. Früher hat man die
Überbringer schlechter Nachrichten ermordet. Bliebe man bei
der Tradition, wäre die Schule bald leer. Freudestrahlend teilte
mir der Hausmeister mit, er hat an meiner Mediothek das
Schloss ausgebaut, er brauchte es fürs Lehrerzimmer. Mein
Kommentar: „Klar, nimm dir, was du brauchst. Kein
Problem."
Der Morgen ist eh angegangen, also gleich noch zum
Gespräch zur Schulleiterin. Das leidige Problem des Umzuges
wird diskutiert. Endlich will ich einen Kaffee trinken, da
kommt „VERA"(Vergleichsarbeit in Klasse 4). Mal wieder

eine Internetabfrage. VERA verfolgt mich schon das ganze Jahr.

Außerdem war die Mutter der verlorenen Zahnspange da. Leider konnte ich ihr nicht weiter beim Auffinden des glitzernden gelben Teiles helfen. Aber ich bleibe dran.

Bin schon gespannt, was morgen sein wird …

18.05.06

Die gute Nachricht von heute: Meine Freundin besuchte eine Stunde der vierten Klasse. Als Diplomlehrerin wird sie im neuen Schuljahr auch eine vierte Klasse übernehmen und damit erstmals in einer Grundschule arbeiten. Ich glaube, es hat ihr bei uns gefallen. Sie sind doch auch wirklich lieb und nett in diesem Alter …

Theoretisches Rätsel: Wenn eine Klasse umzieht, wie viele Klassen können davon betroffen sein? Na, mindestens drei. Sozusagen ein Ringtausch. Wem das nicht logisch erscheint, der hat es erfasst. Es ist auch nicht logisch. Trotzdem gibt es zur Zeit solche Überlegungen zum Thema Umzug. Bin gespannt, wie sich unser Rätsel lösen wird.

01.06.06

Das Rätsel hat sich gelöst. Die Vernunft hat gesiegt. Wir bleiben in unserem Raum. Hurra! Es gibt noch etwas zu feiern.

Internationaler Kindertag! Ich habe für jeden meiner Kinder in der Klasse einen Bleistift mit Fußbällen und symbolisch einen runden Kaugummi dazu. Die Freude war angemessen. In gemütlicher Runde besprechen wir unsere Tagesfahrt nach Buckow. Da ich gern organisiere, dachte ich, dass wird eine leichte Übung. Wird es aber nicht. Es heißt ja auch TAGESfahrt. Unser Ziel liegt neben Buckow, nämlich Julianenhof. Um dahin zu kommen, müssen wir dreimal umsteigen, bezahlen ein Vermögen und sind Stunden, um nicht zu sagen, TAGE unterwegs. Meine spontane Idee, einen Bus zu mieten war sehr gut, aber zur Weltmeisterschaft leider nicht realisierbar. Falls ein Bus noch frei sein sollte, dann ist er unbezahlbar. Kommt Zeit, kommt Rat.

06.06.06

Heute soll die Welt untergehen. Das Zeichen des Teufels 6-6-6 ist da! Wir haben heute trotzdem eine Wand gestrichen. Das nenne ich Optimismus. Wäre auch schade, wenn heute die Welt untergeht, denn endlich gab es eine Lösung für unser Problem mit der Tagesfahrt.

Wir mieten einen Bus ab Strausberg. Nach etwa zehn Telefonaten war alles klar. Die Frau aus dem Fledermausmuseum konnte ich nach einer Kette von Anrufen endlich ausfindig machen.

Das Museum hat nämlich noch kein Telefon. Oh Gott, und da wollen wir hin? Ich habe den Eindruck bereits das halbe Dorf durch meine Telefonate kennengelernt zu haben.

11.06.06

Ich hasse diesen Tag. Nur unangenehme Sachen. Mein Klassenbuch war weg, fand sich aber nach sechs Stunden wieder an. Die Klassenfotos mussten reklamiert werden und das nicht nur, weil ich wie kurz vor der Rente auf dem Foto aussehe. Der Umschlag mit dem eingesammelten Geld für unsere Fahrt ist weg.

12.06.06

Um 5.30 Uhr wurde ich heute früh wach und mir fiel ein, wo der Umschlag mit dem Geld sein kann. Natürlich in der Tüte mit dem Geld für den Fotografen. Und so war es dann auch. Ich bin froh, dass sich dieses Problem geklärt hat. In der Pause stoßen wir auf den Lehrertag an.

Heute haben wir wieder über 30°C. Die 7. und 8. Stunde unterrichte ich auf dem Hof.

13.06.06

Heute sind es 32°C. Mir ist heiß. Ich traue mich nach einem eventuellen Hitzefrei zu fragen. Klare Antwort: Nein. Heute nicht und morgen nicht. Wahrscheinlich ist der Vater, der mich wegen des Fotografengeldes beleidigt hat, auch nur hitzegeschädigt. Dabei kommt er aus der Türkei. Da ist es doch auch immer heiß. Heute war der Termin für das

Fotografengeld. Nach zwei Wochen und zwei Nachzüglerterminen kann man doch davon ausgehen, dass alle das Geld mithaben, oder die Bilder wieder abgeben. Daher schickte ich den vergesslichen Schüler nach Hause. Gemäß dem Motto: Geld oder Leben, nein Bilder, kam er ohne Erfolg wieder. „Vati kommt nachher." Nachher war um 15 Uhr, aber immerhin. Ohne Begrüßung sagt er zu mir: „Wegen dem Geld muss ich extra aus dem Wedding hierher kommen." Sprach er und ging. Wirklich eine Unverschämtheit von mir.

14.06.06
Es ist heiß, ich schwitze, aber ich will mich nicht wiederholen. Ich frage heute nicht, die berühmte Frage, ob .... Wenn der erste Schüler oder die erste Lehrerin einen Kreislaufkollaps bekommen hat, ist ja auch noch eine Gelegenheit dazu. Sieben oder acht Stunden in Räumen mit anderen 25 Personen zu verbringen ist bei Hitze kein Katzenspiel. Das Leben ist manchmal hart.

17.06.06
Diese hitzige Woche ist vorüber. Endlich Wochenende. Nichts wie raus in die Natur. Pünktlich zum Wochenende gibt es ein ordentliches Gewitter und nun sind es noch 19° C. Ich friere. Aber ab Montag sollen es wieder Temperaturen über 30° C geben ...

20.06.06
Hurra, ich habe 130 Lebenskundezeugnisse und 50 Zeugnisblätter für meine Klasse fertig. Freizeit, ich grüße dich! Wir werden wieder etwas mehr Zeit miteinander verbringen. Auch kann ich wieder zum Sport gehen. Was für ein schönes Gefühl. Um der Schule die Kopien der Zeugnisse zu ersparen, habe ich alles zu Hause am Computer fertig gedruckt. Noch 14 Tage, dann sind Ferien!

22.06.06
Die Meinungen über Hilfsbereitschaft gehen auseinander.
Nicht alle fanden meine Idee mit den fertigen Kopien gut.
Wie man es macht, es ist garantiert falsch. Habe mir ein
Schlüsselband mit der Aufschrift: „Ich bin Schuld!" gekauft.
Im konkreten Fall werde ich es nur noch hochhalten und alles
ist geklärt.

23.06.06.
33 Grad im Schatten. Wir schwitzen uns den Verstand raus.
Das macht hart. Sehnsüchtig denke ich an alte Zeiten zurück,
als es noch Hitzefrei gab.

26.06.06
Über Geschmack lässt sich streiten. Heute wurden unsere
Konrektorin und unser Herr Sekretär verabschiedet. Sie
haben es geschafft und gehen in den wohlverdienten
Ruhestand. Es ist schwer vorstellbar, dass diese Lücken im
nächsten Schuljahr da sein werden. Mit wem werde ich
morgens entspannt plaudern? Wer wird die Feuerwehr sein,
wenn mal wieder Not am Mann ist?

27.06.06
Heute unternahmen wir eine Tagesfahrt nach Buckow in die
Märkische Schweiz. Ich bin begeistert von der Landschaft,
von meinen lieben Kindern und von allem, was wir erlebt
haben. Wir besuchten eine Naturstation, nahmen ein
Kneippsches Fußbad im Bach, wanderten endlose Kilometer
in einem mückenverseuchten Gebiet und sahen uns das
Fledermausmuseum an. Beim Keschern im See fiel ein
Mädchen kopfüber mit ihren Sachen hinein. Ungeschickt lässt
grüßen! Den glorreichen Abschluss des Tages gab es auf dem
Grundstück eines Vaters aus meiner Klasse. Er grillte für uns
und wir konnten unsere Wunden pflegen. Abends sind wir
alle wieder glücklich zu Hause angekommen. Ein
wunderbarer Tag für alle.

29.06.06

Sport frei! Sportfeste sind immer toll. Das Wetter ist perfekt. Den jeweiligen Grundschulklassen wurden auch die Schüler aus den Schwerstbehindertengruppen zugeordnet. Bei der Staffel z.B. fuhren auch die Rollstuhlfahrer mit. Damit war jeder Wettbewerb gelaufen, an einen Sieg ist nicht zu denken. Erstaunlicherweise kämpften die Kinder wie immer, erduldeten die Verzögerungen durch die behinderten Sportler und als der Wettkampf vorbei war, fragte keiner, wer gewonnen hat. Die schönste Nebensächlichkeit der Welt. Das nenne ich echte Integration. Ich muss gestehen, dass mich das sehr beeindruckt hat. Ansonsten bin ich in dieser Woche schon so viel gelaufen, wie sonst in einem halben Jahr. Mit tun die Füße weh. Aber ans Ausruhen kann ich noch nicht denken, denn heute findet noch ein Buchbasar in der Schule statt und wir führen eine Lesenacht durch.
Die Ferien sind in Sichtweite!

30.06.06
Eine wunderbare Lesenacht. Die Kolleginnen, die mit von der Partie waren, kann man als Team bezeichnen. Sehr entspannt ging der Tag zu Ende und alle hatten Spaß. Alle ersten Klassen waren dabei. Vorgelesen wurde von Schülern einer 4. Klasse. Die Vorleser setzten sich auf den Schulflur und warteten auf „Kundschaft". Nach und nach kamen die kleinen Zuhörer und setzten sich einfach zu ihrem Wunschvorleser. Bald füllten sich die Plätze und viele Tiergeschichten wurden vorgelesen. Ein ergötzender Anblick. Ich bin mal wieder begeistert. Einige Erstklässler fallen nach und nach förmlich in sich zusammen, bis sie auf dem Boden lagen. Ein anstrengender Tag für sie. Bevor sie ins „Bettchen" können, werden sie wieder als kleine Betthupferle mit ihrem Kuscheltierchen unterm Arm fotografiert. Das hat Tradition. Ich freue mich auf die Lesenacht im nächsten Jahr!

03.06.07
Dreißig Grad im Schatten und wir wandern auf den Spuren des Fußballes. Bei der Gelegenheit erleben wir die Ankunft im neuen schönen Hauptbahnhof. Nach einem Halt am

Spreebogen bestaunten wir die großen Adidas – Schuhe. Die Kinder konnten wegen der großen Stollen unter einem Schuh durchklettern. Danach wurde es ernst. Wir gingen in die nachgebaute Reichstagsarena und erlebten einen Film sowie eine nachgestellte Bundestagsdebatte. Da wir unbedingt ein wenig Schatten haben wollten, setzten wir uns ganz links in die Ecke und bemerkten dann, dass wir logischer Weise in der Fraktion der Linken gelandet sind. Es hätte schlimmer kommen können. Am Ende der Debatte durften wir darüber abstimmen, ob Schuluniformen eingeführt werden sollen oder nicht. Die Mehrheit sprach sich dagegen aus. Meine Kollegin und ich hoben die weiße Karte, also enthielten wir uns. Daraufhin sagte der Sprecher: „Ah ja, ich sehe zwei Enthaltungen im Lager der Linken. Sie sind wohl von der FKK-Bewegung." Na gut. Bei der Wärme wären wir das vielleicht wirklich gern. Weiter ging es nun durch die Sicherheitsvorkehrungen, um auf die Fanmeile zu gelangen. Da war tote Hose. Logisch. Was soll vormittags um 11 Uhr auch los sein. Nach einem langen Fußmarsch kamen wir zum Stelenfeld, dem Mahnmal für die jüdischen Opfer. Nach vier Stunden waren wir alle erschöpft und fußlahm. Auf dem Weg dahin konnten wir die Autofahrt des Amokfahrers samt der 21 Verletzungsopfer verfolgen. Die Polizei hatte alles schön auf die Straße gemalt. Durchhalten, noch einen Tag und endlich sind Ferien.

04.07.06
Giftblätterausgabe! Viele Omas, Vatis und Muttis sind gekommen. Das fand ich super. Die Kinder machten einen sehr zufriedenen Eindruck und ich bin es auch. Bevor wir uns verabschiedeten, war ich noch schnell in der 6. Klasse und habe mich verabschiedet. Diese Klasse war mir besonders ans Herz gewachsen. Leider bedankte sich die Klasse nicht bei ihren Weggefährten der Grundschulzeit. Eine kleine Geste wäre angemessen gewesen.
Abschied ist immer mit einem lachenden und einem weinenden Auge. Die Freude überwiegt, denn alle haben Tolles vor:

Die Schüler aus der 6. Klasse werden in neue Schulen bzw. Klassen kommen, um einen spannenden Lebensabschnitt zu beginnen. Meine Schüler freuen sich auf die 5. Klasse und auf die vielen neuen Fächer und natürlich in erster Linie auf die Ferien! Abschied von einem lieben Kollegen, der in den wohlverdienten Ruhestand geht, dass fällt schwer, wenn man sich so lange kennt. Nun reicht es aber. Da denkt man an Abschied, dabei gibt es sensationelle Ereignisse. Heute spielt Deutschland im Halbfinale gegen Italien.

05.07.06
Erster Ferientag. Ich kann nicht abschalten, wird aber sicher noch. Habe ja viele Wochen dazu Zeit. Gestern war noch ein ungewollter Abschied. Deutschland verlor das Spiel mit 0:2. Trauer. Heute ist die bedrückte Stimmung förmlich zu spüren. Sicher wird dieser Schicksalsschlag von uns verkraftet werden. Ich werde für Wochen keinen Italiener mehr zum Essen aufsuchen. Strafe muss sein.
Auf denn!

Das tolle Sommerhoch, dass pünktlich mit dem Beginn der Fußball-Weltmeisterschaft kam, hält uns in Atem. Gleich nach dem Anpfiff gingen die Temperaturen in die Höhe. Nach mehreren Verlängerungen schwitzten wir bei Temperaturen um die 35°C. Man sehnte sich nach einer Halbzeit, aber der Sommer zog durch. Höhepunkt der Glanzleistung dann Ende Juli ein Tag mit rekordverdächtigen 38°C. Dafür müsste es dann doch die rote Karte geben. Und weiter geht das Sommerspiel ...
Mal sehen, wie das neue Schuljahr beginnen wird. Hitzefrei gibt es jedenfalls nicht!

Wem ich alles für die Ideen, Gespräche und Vorschläge danken möchte:

Marita Berner, Birgit Berger, Johann Berger, Elke Böttcher, Thomas Ebeling, Birgit Gärtner, Karin und Peter Gallien, Martina Güntherberg Angelika König, Miriam Lehnert, Erika, Maria, Ralf und Volkmar Loebe, Monika Nitz, Uwe Podolski, Helga und Karl-Heinz Reichenbach, Astrid Rutzka, Martina Schmudlach, Corinna Scholz, Martina Tanz

Zu den süßen kleinen Vögeln auf und in diesem Buch!

Es war Liebe auf den ersten Blick.
Im Herbst holte ich meine kleinen Schüler der 1B aus ihrem Klassenraum zum Lebenskundeunterricht ab. Wir machen dann einen langen Zug und ein Schüler ist die Lok. Dieser Job ist sehr gefragt und nur die Besten dürfen diese wichtige Aufgabe übernehmen. So geht es den langen Flur entlang bis zum LK-Raum.
Ich komme in das Klassenzimmer und sehe auf dem Fensterbrett gemalte Bilder aus dem Kunstunterricht. Lauter kleine süße Vögel. Ich konnte es nicht fassen.
Auf den Linien saßen mit so viel Liebe zum Detail gestaltete Piepmätze, dass ich ganz hingerissen davon war. Mit den Fingern taucht man in Farbe ein und druckt damit die Vögel. Hinzugemalt werden dann die Schnäbel und so manche Überraschung ...
Sofort denke ich an mein Buch und dem noch leeren Cover. Das wäre es. Ich weihe die Klassenlehrerin in meinem Plan ein und darf mir zwei Bilder aussuchen, die ich verwenden möchte.
Ihr lieben kleinen Künstler. Ich danke euch für die Überraschung und die künstlerischen Meisterwerke. Eure Super-Vögel verschönern nun den Einband und nichts in der Welt hätte besser auf dieses Buch gepasst.
Danke - und weiter so!

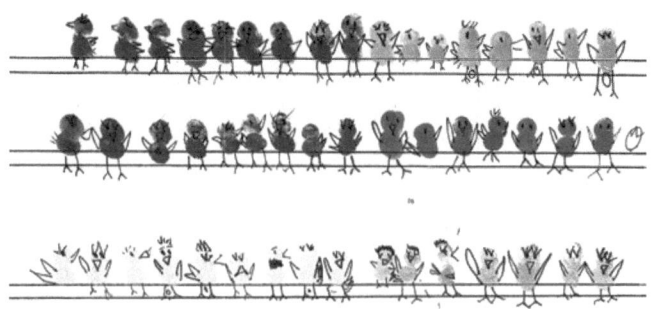

Bereits erschienen:

Da hat sie schon so manches erlebt. Humorvoll und ehrlich beschreibt sie die Tücken im Alltag eines Lehrers. Gefahren lauern überall: albtraumhafte Situationen im Unterricht, bei Klassenfahrten, Wandertagen und Exkursionen. Außerdem wird kräftig aus dem Nähkästchen geplaudert. Unter dem Motto: Lehrer sind auch nur Menschen. Eine gelungene und humorvolle Darstellung des Mikrokosmos Schule, im Zeichen der Pisa-Studie.

ISBN 3-8330-0554-8